短歌・俳句の社会学

大野道夫

はる書房

はじめに

短歌・俳句という詩型は本当に不思議だと思う。五・七・五・七・七、五・七・五と詠むことによって、ことばとこころが無限に広がってゆく。それらは世界のあらゆるものとつながっているようにも、そうでないようにも思われる。また短歌と俳句はたった十四字の違いのようにも、無限の違いのようにも感じられる。そして歌人、俳人、歌会、句会、結社なども本当に不思議な存在である。それらは短歌・俳句の世界では五・七・五＋七・七の韻律のように自然に息づいているが、その存在を問うてゆくとなかなか答えを見出せないような気がする。

本書はこのような不思議さと魅力に引き込まれつつ、自分の専門である社会学をベースに短歌・俳句について分析したものである。初出は以下のとおりだが、それぞれ今回刊行するにあたって加筆修正をおこなっている。

Ⅰ部　短歌・俳句論

一章　短歌・俳句比較研究ノート（書き下ろし）

二章　戦争を短歌・俳句はどのように詠めるのか――戦後の朝日歌壇・俳壇を対象として（第四回現代短歌研究会、二〇〇四年八月、第六回現代短歌研究会、二〇〇六年八月、「短歌往来」ながらみ書房、二〇〇七年五月号）
三章　短歌・俳句をよむ若者とは？――千四百人の高校生調査から（高校教育研究会（代表・深谷昌志）「モノグラフ・高校生　電子メディアの中の高校生」ＶＯＬ．63、ベネッセ教育研究所、二〇〇一年）
四章　短歌・俳句・コピー（「歌壇」本阿弥書店、二〇〇〇年五月号）
五章　歌会・句会の社会学（「塔」二〇〇五年四月号）
六章　塚本邦雄の憎悪する私・再帰しない私――その短歌と俳句から（「短歌往来」ながらみ書房、二〇〇五年十月号）
七章　短歌結社・俳句結社の社会学――千六百結社の調査から（第五八回日本教育社会学会、二〇〇六年九月）

Ⅱ部　短歌論
一章　代表作とは何か――選ぶ主体・根拠・特性という論点（「現代短歌雁」五八、雁書館、二〇〇四年八月）
二章　短歌とイデオロギー――フェミニズムを例にして（第二回現代短歌研究会、二〇〇二年八月）
三章　格闘技をうたう歌（「短歌人」二〇〇七年十一月号）

四章　時評（二〇〇〇―二〇〇七年）（本文中に記入）
五章　自己生命の表白としての短歌――アイデンティティ論からみる前田夕暮（「短歌」角川書店、一九九八年十月号）

構成はⅠ部短歌・俳句論、Ⅱ部短歌論となっているが、Ⅱ部でもなるべく俳句にも関係するテーマを論じたものを選んだつもりである。またⅠ部一章で短歌・俳句の比較をおこない、二章の戦争詠、七章の結社などは基本的にそれをもとに分析をおこなっている。しかしそれぞれは独立した論文でもあり、どの章から読んでもよいようになっている。

短歌・俳句というとどうしても古典というイメージがあるかもしれないが、Ⅰ部で分析しているように、現代でも短歌・俳句は新聞歌壇・俳壇、そして結社誌などで多数の老若男女が詠んでいるきわめて現代的な現象なのである。また過去の作品にしても、万葉集の防人の歌から塚本邦雄まで、それぞれの歌人・俳人にとってはその現代における、言葉などとの血のにじむような格闘のなかから生まれてきたものなのである。

この本を読んでくれた人が、短歌、俳句、そして社会学の魅力を少しでもわかっていただけたら、著者としてこれほどうれしいことはない。

短歌・俳句の社会学

はじめに　3

Ⅰ部　短歌・俳句論

一章　短歌・俳句比較研究ノート……15
一節　短歌・俳句の誕生　15
二節　先行の知見　17
三節　字数と韻律の相違の問題　19
四節　寺山修司作品にみる短歌と俳句の特徴　25

二章　戦争を短歌・俳句はどのように詠めるのか――戦後の朝日歌壇・俳壇を対象として……33
はじめに・新聞歌壇・俳壇というメディア　33
一節　戦争詠の分析対象と傾向　38
二節　戦争体験を詠んだ作品――戦争詠全体の二、三割　40
三節　鎮魂の作品――戦争詠全体の二割前後　45

四節　「多様化した」戦争詠　49
おわりに・戦争詠の未来　57

三章　短歌・俳句をよむ若者とは？――千四百人の高校生調査から……69
はじめに　69
一節　若者が短歌・俳句を読み、詠むまで　70
二節　短歌・俳句を読み、詠むことに影響を与えるもの　77

四章　短歌・俳句・コピー……89
はじめに・狭くなった川　89
一節　定型・喩・イメージなどの問題　91
おわりに・川を漕ぐべし　96

五章　歌会・句会の社会学……99
一節　歌会・句会とは何か　99
二節　歌会・句会の可能性と必要性　102
三節　歌会・句会の問題点とその未来　104

六章　塚本邦雄の憎悪する私・再帰しない私——その短歌と俳句から……109
はじめに・塚本の死を前に　109
一節　憎悪の対象としての世界　110
二節　間奏歌集と俳句の作品　116
三節　塚本作品の私の構造　120
おわりに・塚本の死の後に　126
七章　短歌結社・俳句結社の社会学——千六百結社の調査から……128
はじめに・短歌・俳句の結社と調査対象——ある短歌結社会員の一ヶ月　128
一節　短歌結社の十年間の変化　131
二節　短歌結社・俳句結社の現在　141
三節　短歌結社・俳句結社の存在理由と未来　152
おわりに・ある短歌結社編集委員の一ヶ月　168
＊
「短歌・俳句結社調査・2005」調査票&集計結果　175

II部　短歌論

一章　代表作とは何か――選ぶ主体・根拠・特性という論点……191
一節　代表歌論の三つの論点　191
二節　「私の代表歌」を分析する　193
おわりに・代表作を選ぶということ　197
二章　短歌とイデオロギー――フェミニズムを例にして……199
一節　短歌とフェミニズム批評　199
二節　フェミニズム批評からの論点群　200
三節　短歌とイデオロギーのせめぎ合いの中から　207
三章　格闘技をうたう歌……210
一節　相撲を詠んだ短歌と俳句　210
二節　戦前の格闘技をうたった作品　212
三節　戦後の格闘技をさまざまにうたった作品　214

四章　時評（二〇〇〇―二〇〇七年）……219
一節　君が代法制化九ヶ月後に（朝日新聞二〇〇〇年五月十四日）　219
二節　二十世紀ベストワンの歌人と歌（朝日新聞二〇〇〇年十二月三日）　221
三節　サラダ現象と電脳短歌（朝日新聞二〇〇一年三月四日）　223
四節　短歌と天皇制議論に思う（「歌壇」二〇〇一年五月号）　225
五節　暑かった夏に（「短歌」二〇〇一年十一月号）　228
六節　介護の歌という「社会詠」（「心の花」二〇〇三年六月号）　231
七節　短歌形式の問題（「現代短歌雁」六一、二〇〇五年十二月）　233
八節　新保守主義と短歌（「現代短歌雁」六四、二〇〇七年三月）　236

五章　自己生命の表白としての短歌――アイデンティティ論からみる前田夕暮……240
はじめに・アイデンティティ問題という視点　240
一節　終わりなきアイデンティティの探求　241
二節　自己生命の表白と短歌　245
三節　夕暮論の新しい可能性　249

おわりにかえて　254

Ⅰ部　短歌・俳句論

一章　短歌・俳句比較研究ノート

一節　短歌・俳句の誕生

Ｉ部では短歌・俳句論をおこなうが、そもそも短歌（五・七・五・七・七）、俳句（五・七・五）という詩型はいつごろから生まれたのだろうか？

短歌は奈良時代の『古事記』（七一二年）、『日本書紀』（七二〇年）に書かれた記紀歌謡にすでにみられる。たとえば弟 橘 媛《おとたちばなひめ》が日本武尊《やまとたけるのみこと》の身代わりとなって荒海を静めるために海へ身を投げた時に詠んだ次のような歌は、ほぼ五七五七七となっている。

さねさし相武《さがむ》の小野に燃ゆる火の火中《ほなか》に立ちて問ひし君はも

（（さねさしは相模にかかる枕ことば）相模の小野の、燃え立つ火に包まれた時、火中に立って、

私の安否を尋ねてくれた君よ）

そして短歌約四二〇〇首が収録された『万葉集』（八世紀末頃完成）によって、短歌は日本を代表する詩型として確立した。そして短歌はその後何度も滅亡論がとなえられながらも、『古今集』（十世紀初頭）、『新古今集』（一二〇五年）などのすぐれた歌集を生み出していき、現代まで脈々と続いているのである。

一方俳句は、中世に盛んだった短歌の上句（五七五）と下句（七七）を数人で交互に詠み続ける連歌から、最初の発句《ほっく》（五七五）が独立して誕生していった。そして江戸時代に松尾芭蕉によって文学として確立していった、とされる。

このように短歌から俳句が生まれたこと、またその誕生に際しては複数の作者による連歌の場の力によって短歌（五七五七七）から俳句（五七五）が独立していったことは興味深い。つまり簡単には変形、分離ができないほど、短歌（五七五七七）という詩型は強いものであった、ということができるだろう。

また『万葉集』に、長歌《ちょう》（五七を繰り返し、最後を多く七七で止める歌）、旋頭歌《せどう》（五七七五七七の歌）、仏足石歌《ぶっそくせき》（五七五七七七の歌）などがあることにも示されるように、日本には、短歌、俳句以外の詩型も存在していた。しかし現在詠まれているのは短歌、俳句のみであり、これらの詩型のみがなぜ存続したのかはその発生論(一)、言語論などからさまざまな説があるが、決定的な説はまだないようである。

二節　先行の知見

次に短歌、俳句という詩型の比較をおこなっていくことにしたい。短歌、俳句の比較をおこなった者はこれまでそれほど多くない。

たとえば近代短歌、俳句の創始者といえる正岡子規(二)は、「なだらかなる調が和歌の長所ならば、迫りたる調が俳句の長所」とのべている。また「歌は全く空間的の趣向を詠まんよりは、少しく時間を含みたる趣向を詠むに適せるが如し」とのべ、源実朝の次のような歌を示している。(三)

箱根路をわれ越えくれば伊豆の海や沖の小島に波のよる見ゆ　　源　実朝『金槐和歌集』

そしてそれに対して、「俳句にては全く空間的なる趣向を詠むに易く、時間を詠むに適せず。故に俳人の歌を作る者、多くこの心得を移して純客観の趣向を捉へんとす。」としている。

また俳人の高浜虚子(四)は「言うまでもなく和歌は叙情に適し、俳句は叙景に適する。」とのべ、その理由として「終りに来る七・七という調子は情を述ぶるのに適した調子である。」としている。

歌人の岡井隆と俳人の金子兜太は、[五]短詩型文学に関する討論をおこなっている。そして金子は短歌の七七という「前垂れ」が切れたとき俳句は形象性を獲得し、それはまた「江戸の民衆のドライな性格に合ったのだ」とし、岡井も「たしかに俳句は空間性がつよい」としている。

歌人の[六]三枝昂之は、「例えば俳句が普通には形象的表現の配合に終始し、短歌が普通には客観的表現と主観的表現の対応という形で成立する、というようなちがいは、その詩型のちがいに起因すると見る他はない。」とのべている。

また歌人の佐佐木幸綱と俳人の仁平勝も[七]対談をおこなっている。そこで佐佐木は、例えばことばのダムがあるとすると「一挙になだれ込む俳句的な展開と、もうちょっと音楽的にワープしていくみたいな短歌的展開がある。」とのべ、仁平も「やはり短歌はまずリズムじゃないですか」とのべている。また[八]佐佐木は、俳人の高柳重信の「短歌はセッターで、俳句はポインターだ」という猟犬のたとえを紹介している。そして短歌は獲物を人生や社会といった普遍的な概念に追い込むのに対し、俳句は獲物をこことポイントする詩だ、と解説している。

国文学者の[九]坂野信彦は、「俳句形式は、勢いあまってつんのめったまま終わってしまう」、それに対して「短歌形式は、この余勢を受けながら下の句の打拍を展開してゆきます」としている。

このように短歌、俳句に対してはこれまでもいくつかの知見がある。そしてこれらをまとめてみ

ると、
短歌――「なだらかなる調、時間」(子規)、「叙情」(虚子)、「客観的表現と主観的表現の対応」(三枝)、「音楽的にワープしていく」(幸綱)、「リズム」(仁平)、「セッター」(高柳)、「余勢を受けながら下の句の打拍を展開」(坂野)
俳句――「迫りたる調、空間、客観」(子規)、「叙景」(虚子)、「形象性」(兜太)、「空間性」(岡井)、「形象的表現の配合」(三枝)、「一挙になだれ込む」(幸綱)、「ポインター」(高柳)、「勢いあまってつんのめったまま終わってしまう」(坂野)、
に示されるように、短歌の特徴として「叙情などの動き」、俳句の特徴として「叙景などの形象性」、が指摘できるのではないかと思う。

三節　字数と韻律の相違の問題

そして短歌・俳句の原理的な相違にもどって考えてみると、これらは三十一文字と十七文字という字数の問題、そして五七五七七と五七五という韻律(言葉のリズム)の問題に分けて考えることができる。

一　字数の相違の問題――三十一文字と十七文字

（一）俳句における名詞の多用

まず三十一文字と十七文字という字数の問題を考察してみよう。まず俳句の方が字数が少ないので、比較的字数が多い形容詞、動詞が入りにくく、名詞が多用されるのではないかと思う。「美しい」（形容詞）より「美」（名詞）、「恋する」（動詞）より「恋」（名詞）の方が短いのがその例である。また一般的に俳句で使われている季語[一〇]にも名詞が多く、これも俳句に名詞が多い一因と考えられる。

そしてこの名詞の多用がモノを詠む傾向となり、「形象性」などと深くかかわってくる、と思うのである。

（二）俳句で重視される取り合せと切れ

ところで俳句を論じるにあたっては「取り合せ」、そして「切れ」が重要な要因となるが、短歌では俳句ほど問題とならない。これはやはり俳句では短いなかで名詞と名詞等が共存するので、それらの取り合せをどうするかがより問題となり、また言葉と言葉の間に切れをつくり、言葉を遠くへ飛ばすことによって逆にぶつかり合わせることに関心が向くのではないかと思う。

取り合せはもともとは芭蕉[一一]の言葉である。また切れについては

古池や蛙飛びこむ水の音

などは、〈や〉という切字によって〈古池〉と〈蛙飛びこむ水の音〉が切れる例である。そしてこの切れによって、〈古池〉と〈蛙飛びこむ水の音〉の両者が読者の前にくっきりと浮かび上がることになる。

これがもし、

古池に蛙飛びこむ水の音（改作）

などだったら両者がだらだらとつながり、ともに不鮮明になることは容易に理解される。またこれが仮に、作品のレベルの問題はおいておいて

古池や蛙飛びこむ水の音故郷を思う心を揺らし（改作）

だったとしよう。そうすると多くなった字数のなかで、たとえこれが

古池に蛙飛びこむ水の音故郷を思う心を揺らし（改作）

となっても、俳句の時ほどは〈や〉と〈に〉の相違に作者、読者の注意が向かない、と思われる。

二　韻律の相違の問題――五七五七七と五七五

次に五七五七七と五七五という韻律（言葉のリズム）の問題を考えてみることにしたい。

（一）句の非対称性と対称性

まず短歌の五七五七七という句（一二）にたいして、俳句の五七五という句は七を真ん中に対称になっている。この句の基本的な形において、俳句よりも短歌の方が安定していず、「動き」を感じられるのではないかと思う。

（二）句と句の対応のパターン数

次に句と句の対応という、隣り合った句が繋がったり離れたりしながら、句と句が分かれて対応するパターンを考えてみよう。

まず俳句の五七五の三つの句は、句と句の間が二つある（五と七の間と、七と五の間）。したがって句と句が分かれて対応するパターンは、繋がる場合と離れる場合という2パターンを、句と句の間の数（2）だけかけて、五七五と全部が繋がるパターンを引いた、

2×2－1（五七五と全部が繋がるパターン）＝3パターンになる（五対七対五、五対七五、五七対五）。

それにたいして短歌（五七五七七）は句と句の間が四つあり（五と七の間、七と五の間、次の五と七の間、七と七の間）、したがって隣り合った句が繋がったり離れたりしながら句と句が分かれて対応するパターンは、間が繋がる場合と離れる場合という2パターンを、句と句の間の数（4）

だけかけて、五七五七七と全部が繋がるパターンを引いた、
2×2×2×2－1（五七五七七と全部が繋がるパターン）＝15パターンになる（五対七対五対七対七、五対七対五対七七、五対七対五七七、五対七五対七対七、五対七五対七七、五対七五七七、五七対五対七対七、五七対五対七七、五七対五七対七、五七五対七対七、五七五対七七（上句対下句）、五七五七対七）。

このように、実際にはさらに句またがりなどの句どおりに分かれない作品もあるが、基本的な句と句の対応のパターン数は俳句より短歌のほうが五倍多いことになり、これも短歌に「動き」が感じられる理由といえると思う。

（三）韻律そのものの性格

そして以上のことと関連しながら、韻律そのものとして短歌（五七五七七）と俳句（五七五）は、短歌の方が「叙情などの動き」を喚起するのではないかと思う。これはまだ仮説としてしか提示できないが、たとえばわれわれが、

たたたたた／たたたたたたた／たたたたた／たたたたたたた／たたたたたたた

たたたたた／たたたたたたた／たたたたた

と口ずさんだときに、やはり前者の方に心の動きを覚えると思うのだがどうだろうか？　そうい

えばわれわれは短歌をうたうとはいうが、俳句をうたうとはいわないのである。

なお俳人の坪内稔典は、(一三)短歌的人間は長島茂雄などで、主観的、情熱的、自己陶酔的でまじめ、それに対して俳句的人間は野村克也などで、客観的、冷静で、道化である、としている。

また大学のサークル活動をみると、短歌は早稲田の短歌会がもっとも盛んで、窪田空穂、篠弘、佐佐木幸綱、俵万智など、早大出身の歌人は枚挙にいとまないほど存在する。それに対して俳句は東大の俳句会が盛んで、水原秋桜子、中村草田男、有馬朗人など、東大出身の俳人が多数存在する。これなども在野精神の早稲田と官僚を多く輩出する東大という両校の校風を考えるなら、短歌の「叙情などの動き」、俳句の「叙景などの形象性」の傍証になるのではないか、と思う。

三　実証研究の必要性

なお以上考察した短歌の「叙情などの動き」、俳句の「叙景などの形象性」は、あくまでも一般(一四)的な特徴であり、また両者の優劣を論じているわけでもない。

また先行の知見を読んであらためて思うことは、実証研究の必要性である。たとえば考察してきた短歌・俳句の特徴も、実際に歌人や俳人、あるいは一般の人々にさまざまな作品等を読んでもらい、叙情などの動き、叙景などの形象性等をどの程度感じるかの意識調査をすることは意味があることに思う。また韻律論、短歌・俳句の発生に関するさまざまな論についても、調査は可能であろう。たとえば実際に旋頭歌と短歌を読んでもらい、どちらに読みやすさ（読みにくさ）をどの程度感じるか等を調査することは、古代人と現代人では感性の違いがあるにせよ、短歌の発生論の傍証にはなる、と思われる。もちろんそれらは、短歌・俳句という芸術のほんの一部分を検証するだけにとどまるだろうが、それでも試[一五]みてみる価値はある、と思うのである。なお本書では方法は異なるが実証研究のささやかな試みとして、新聞歌壇・俳壇（Ⅰ―二章）、若者（Ⅰ―三章）、そして短歌結社・俳句結社（Ⅰ―七章）に対する調査をおこなっている。

四節　寺山修司作品にみる短歌と俳句の特徴

それでは最後に、今まで考察した短歌・俳句の特徴について、短歌、俳句、そして演劇も創作した寺山修司の作品をもとに、分析してみよう。寺山は一九五四年の「短歌研究」第二回五十首応募作品で「チェホフ祭」が掲載され脚光を浴びたが、その後短歌と自作の俳句、他作の俳句との類似性を指摘され議論[一六]がなされた。ここでは当時問題となった作品について、私なりに一　短歌の方がよいと考えられる作品、二　俳句の方がよいと考えられる作品、三　持《じ》[一七]（短歌、俳句ともによいと考えられる作品）、に分けて考察していくことにしたい。なお子規、寺山、そして七章で考察する塚本邦雄も、短歌は叙情的な作品が少なく、乾いた印象を与える作品が多いのではないかと思う。

一　短歌の方がよいと考えられる作品

桃うかぶ暗き桶水父は亡し　寺山　修司

西瓜浮く暗き桶水のぞくとき還らぬ父につながる想ひ　寺山　修司

両方とも寺山の作品だが、短歌は〈のぞく〉、〈つながる〉と動詞を詠み込むことによって、動きが出ていると思う。そして作品としては、俳句は〈父は亡し〉という思いに力点がおかれているのに対し、短歌は動詞を詠み込むことによって〈還らぬ父〉へ想いがつながり、作品に広がりが出ているのではないかと思う。ただし浮かんでいるのは〈西瓜〉より〈桃〉の方が暗い感じがしてよいのではないかと思う。

アカハタ売るわれを夏蝶越えゆけり　寺山　修司

アカハタ売るわれを夏蝶越えゆけり母は故郷の田を打ちていむ　寺山　修司

寺山（一八）自身が上句は五七五で切れ季語もありそのまま俳句である、とのべている作品。俳句の場合季語は〈夏蝶〉で、叙景句になる。それに対して短歌では下句で〈母は故郷の田を打ちていむ〉と想像しており、やはり作品に動きと広がりが生まれると思う。なお上句と下句の関係は、労働者の新聞〈アカハタ〉を売るわれの労働と、故郷で田を打つ母の労働が遠くつながっているような感覚だと思う。

二　俳句の方がよいと考えられる作品

わが天使なるやも知れず寒雀　　西東　三鬼

わが天使なるやも知れぬ小雀を撃ちて硝煙嗅ぎつつ帰る　　寺山　修司

三鬼の句をもとにしたと考えられる寺山の短歌。三鬼の句では痩せた〈寒雀〉が自分の天使になるかもしれないという発想は、やはりすぐれていると思う。それに対して寺山の短歌では、下句で〈撃ち〉、〈嗅ぎ〉、〈帰る〉などの動きを入れている。しかしそのような子雀を撃つという発想はおもしろいと思うが、他はかえって作品を冗長にしてしまっているように思う。特に〈硝煙嗅ぎつつ〉は硝煙が長く残っているとも思われず、そのように感じるということだとしてもやや無理があるのではないか？

この家も誰かが道化揚羽高し　　寺山　修司
この家も誰かゞ道化者ならむ高き塀より越え出し揚羽　　寺山　修司

短歌・俳句ともに詠んでいる〈この家も誰かが道化〉とは、どの家にも誰か道化がいる、つまり人間は全て道化者のところがある、という意味だと思う。そして短歌ではそれを〈ならむ〉と推量し、さらに揚羽の動きを〈高き塀より越え出し〉と詠み込んでいる。しかし〈この家も誰かが道化〉はもともと推量であろうから、〈ならむ〉はよけいに思われる。また揚羽も動きを詠み込むよりは、〈高し〉と静止している像のように詠んだ方が天から道化を見ているような感じがしてよいのではないかと思う。

三　持《じ》（短歌、俳句ともによいと考えられる作品）

学あざむきハイネを愛しスミレ濃し　　寺山　修司
蛮声をあげて九月の森にいれりハイネのために学をあざむき　　寺山　修司

まず短歌、俳句とも学問を欺きハイネの詩を愛したことが詠まれている。そして俳句の〈スミレ濃し〉はその落ち着いた色から、ハイネを愛したことを穏やかに肯定しているのだと思う。それに対して短歌は上句の〈蛮声をあげて九月の森にいれり〉という強い動きから、ハイネのために学問をあざむいたことをより強く肯定しているのだと思う。このように短歌、俳句ではニュアンスが異なると思うが、それぞれが完成度が高い良い作品だと思う。

夾竹桃咲きて校舎に暗さあり　寺山　修司

夾竹桃咲きて校舎に暗さあり饒舌の母をひそかににくむ　寺山　修司

これらも寺山が上句は季語があり俳句になる、とのべている作品。まず俳句は基本的に叙景句で、咲いている〈夾竹桃〉との対比で、校舎の暗い像がよく表現されていると思う。それに対して短歌では、下句で〈饒舌の母をひそかににくむ〉と叙情が詠まれている。また俳句では作者が校舎を外から眺めているような感じだが、短歌では暗い校舎の中に作者がおり、そこから明るい、饒舌な母を窗かに憎んでいるのだと思う。このように俳句では校舎の暗さ、短歌では饒舌の母への憎しみに力点が置かれていると思うが、それぞれが完成度が高い良い作品だと思う。

四　まとめ――それぞれの特徴と作品

以上のように本節では、寺山作品を例に短歌・俳句の特徴を分析してみた。そしてやはり短歌では動詞などを詠み込んで動きがうたいあげられること、それに対して俳句では名詞などをもちいて叙景し、さまざまな空間のなかでの形象性がみられることが示された。また短歌・俳句ともにどちらのジャンルが優れているということではなく、それぞれの特徴を生かした良い作品が存在することも確認できたと思う。それでは次章以下で、さらに短歌・俳句に関するさまざまな考察をおこなっていくことにしたい。

注および引用文献

（一）たとえば短歌の発生論について『現代短歌大事典』（三省堂、二〇〇四年、三八七ページ。）では、「『短歌』の発生に関して、長歌の末尾五句が独立したとする説、旋頭歌（五七七五七七）の七音節が省略されたとする説、四句形式五七五七の末尾が反復されたとする説等があるが、その生成は単一な過程をたどったものではなく、諸説の示す方向はいずれも捨てがたい。」とされている。

（二）正岡子規『歌よみに与ふる書』岩波文庫、一九五五年、一四ページ、一三九―一四〇ページ。

（三）なお坪内稔典はこれに対し、「詩型の特色という意味では、たとえば短歌は調べ、俳句はイメージ（像）ということになるのではないか。俳句にも調べがあることは確かだが、それが最大の特色ではない。」とのべ、俳句の特徴をあらわすのに「調べ」という語を使うのは適切でない、としている。坪内稔典・佐佐木幸綱編著『短歌名言辞典』東京書籍、一九九七年、一三一ページ。
(四) 高浜虚子「和歌と俳句」『俳句への道』岩波文庫、一九九七年。
(五) 岡井隆・金子兜太『短詩型文学論』紀伊國屋書店、一九九四年、二一〇―二一一ページ。
(六) 三枝昻之『現代定型論　気象の帯、夢の地核』而立書房、一九七九年、六七ページ。
(七) 佐佐木幸綱・仁平勝「短歌と俳句の演技性」「歌壇」本阿弥書店、二〇〇五年一月号。
(八) 佐佐木幸綱「短歌と俳句の差異」『詩歌句ノート』朝日新聞社、一九九七年。
(九) 坂野信彦『七五調の謎をとく』大修館書店、一九九六年、一三一ページ。
(一〇) なお季語については一つの俳句に一つ使うことが原則なので、季節の移り変わりという「動き」を詠むのは短歌の方が適している、ということができるだろう。
(一一) 森川許六・向井去来『俳諧問答』岩波書店、一九五四年。
(一二) 短歌・俳句とも五・七・五・七・七のそれぞれを句といい、順番に初句・二句・三句・四句・五句なども呼ぶ。
(一三) 坪内稔典『俳句的人間　短歌的人間』岩波書店、二〇〇〇年、一九〇―一九二ページ。
(一四) たとえば斎藤茂吉は、「俳句は客観的であり、和歌は主観的である。」としながら、「ただひそかに思ふに、この俳句和歌の特色などいふことはこれを公式化してしまつては面白くないのであり」、「公式化した結論で硬化せしめずに、もつと放胆に流動的に考へる方がいゝのである。」としている。「和歌と俳句」『俳句講座』第七巻、改造社、一九三二年。また虚子などと「ホトドギス」誌上で写生についての座談会もおこなっている。「ホトトギス」一九二九年七、九月号。
(一五) 実際にこのような研究を、国文学、言語学等の共同研究者がいればいつか科研費などを申請して試みてみたい、と願っている。

（一六）なお私は、自作の短歌と自作の俳句との類似性はむしろ実験作として評価したいが、他作の俳句との類似性は問題とせざるをえない、と思う。

（一七）短歌と短歌の優劣を競いあう歌合《うたあわせ》で引き分けを持《じ》というので、ここでもその言葉をもちいることにしたい。

（一八）寺山修司「ロミイの代辯」「俳句研究」一九五五年二月号、四二ページ。

参考文献

菅谷規矩雄『詩的リズム』大和書房、一九七五年。

飯島耕一『定型論争』風媒社、一九九一年。

「短歌　俳句　川柳　101年」「新潮」一九九三年十月臨時増刊。

佐佐木幸綱「第Ⅱ部第四章　オノマトペの先進地〈俳句〉」『佐佐木幸綱の世界7』河出書房新社、一九九八年。

坪内稔典「韻律からみた俳句と短歌」馬場あき子編『短歌と日本人Ⅲ』岩波書店、一九九九年。

「特集　詩歌句スクランブル」「現代詩手帖」二〇〇七年十一月号、思潮社。

二章　戦争を短歌・俳句はどのように詠めるのか――戦後の朝日歌壇・俳壇を対象として

はじめに・新聞歌壇・俳壇というメディア

一　描き続けられてきた戦争

短歌・俳句の題として、戦争は重要な題の一つである。すでに万葉集の昔から戦争はうたわれてきた。たとえば

防人に行《ゆ》くは誰《た》が背《せ》と問《と》ふ人《ひと》を見《み》るが羨《とも》しさ物思《ものも》ひもせず　『万葉集』巻二〇

は、防人《さきもり》に行くのは誰の夫かと問う人を見るのは羨ましい、物思いもしないのだから、という意味で、徴兵に対する家族の悲しみがうたわれている

そしてさまざまな乱や変や合戦は、これまでもさまざまなジャンルの文学に描かれ続けてきた。源平合戦が描かれた『平家物語』などは有名である。そして本章では、日本が体験した（今のところ）もっとも大きな戦争である第二次世界大戦について、短歌・俳句がどのように詠めるのかを、新聞歌壇・俳壇から分析していくことにしたい。

二　新聞歌壇・俳壇というメディアの「競技性」

ところで結社誌、雑誌などにも投歌[1]・投句はできるが、新聞歌壇・俳壇にはどのような特徴があるのだろうか？　新聞歌壇・俳壇は幅広い読者がはがきなどで作品を送り（メールでも送れる新聞もある）、それを数人の選者が選をし、選ばれた作品が毎週新聞に載る、というのが基本的なパターンである。なお投歌・投句は選者を決めて送るものと、朝日新聞のように選者を決めないで送り、全選者が個々に全作品から選をするものとがある。

そしてあまり着目されてこなかったが、投歌・投句する側から考えると、コストがほとんどかからず自分の作品が多数の読者に読まれる可能性があること、毎週募集され選の結果がすぐ分かることにより、作品を発表するメディアとしての新聞歌壇・俳壇は、「競技性」が強い場といえるだろう。したがって掲載された作品や作者に対する相互の関心も、かなり強い場合があるようである。なお新聞歌壇・俳壇には、ときどき短歌・俳句についての情報が書かれたコラムが掲載される場合があり、これも、結社誌や短歌総合誌をあまり読まない読者にとって貴重な情報源になっている。ただまた新聞の広報性、速報性という特徴により、短歌・俳句総合誌や結社誌等の雑誌と比較すると、どうしても新聞歌壇・俳壇は専門性が弱いところがある。したがってそこから結社に入って、より本格的に短歌・俳句を学ぼうとする者も出てくる。そうすると一般に結社に入り結社誌に投歌・投句するようになると、新聞歌壇・俳壇へは作品を出さなくなる傾向があるようである。

三　時事詠の問題

また前述した新聞の速報性のため、新聞歌壇・俳壇は時事詠が多く詠まれている。これについては近年、特に新聞歌壇について次のような議論があった。

かつて新聞歌壇の時事詠は、[二]民衆の素朴な反戦などの気持ちがうたわれた「無名者の歌」として積極的に評価されていた。しかし近年の戦後の「見直し」の議論とともに、そのような新聞歌壇に対する批判的な評論もあらわれてきた。たとえば[三]山田富士郎は、ベトナム戦争における新聞歌壇について論じている。そして当時の「ベトナム報道にかなりの偏りと欠陥」があり、新聞歌壇の歌は「ニュースを丸呑みにして消化不良のまま排泄するといった具合」であった、としている。そしてたとえばベトナム戦争後の「百万人を超したベトナム難民に対して、ベトナムの歌を作った人の多くは冷淡であった。」としている。

また関川夏央[四]は、島田幸典[五]の「新聞歌壇は声なき民衆の声を映し出す、魔法の鏡ではない。逆なのだ。民衆の、端的に新聞講読者の声こそ、新聞の論調を映し出す鏡にほかならないのだ」を引用しつつ、新聞の論調と新聞歌壇の関係を批判する。そして「情報仕入れ先がかわれば応募作品も選歌傾向もかわってしまう。かくして新聞論調のみならず、いまや日本の通俗世論の代表格である『ニュースショー』と、『投書』や『投稿歌』は反響し合って徐々に音量を拡大しながら、結局はおなじ『意見』を表明しつづけるのである。」と、その密接な関係を批判している。

これらの評論について私は、山田のベトナム戦争観に必ずしも同意できない部分があるし、関川の評論では新聞論調への批判が過度に歌の読みに影響を与えていると思った。しかし時の経過のなかでさまざまな「事実」や視点が出、新聞歌壇・俳壇の時事詠に批判がおきるのはあり得るべきことだと思う。しかしまたそのような批判も、さらなる時の経過のなかでの新しい「事実」や視点によって、再批判される可能性がある。したがって新聞というメディアの速報性により、その時事詠が時代と新聞をはじめとするマスメディアの影響を受けるのはある程度やむを得ないところであり、作者も読者もそれを十分覚悟しつつ詠み、読む必要があるのではないか、と思う。またそうでなければわれわれは、「直接」体験した「事実」しか詠み、読めなくなってしまうだろう。また荒井直子[六]が批判しているように、新聞の影響を受けているのは、別に新聞歌壇・俳壇だけではないのである。

そして、この社会の中で生きている以上「事実」や視点について論じあうことは大切だと思うが、最終的にはそのような新しい「事実」や視点の洗礼を受けても残るべき文学的価値がある作品が残っていくのではないか、と願っている。たとえば前述した『万葉集』巻二〇の防人の歌などは、当時の人々の国や国防への思いが消え失せても歌として残っているのではないかと思う。

四　幅広い愛好者のための場として

以上のように新聞歌壇・俳壇の特徴と問題をみた。そして新聞歌壇・俳壇は、やはり幅広い短歌・俳句の愛好者のために存在する、といって良いだろう。もちろんそこにはすぐれた歌人・俳人が育っていく可能性はあるが、第一義的には幅広く短歌・俳句が好きで関心があり、詠み、読みたい愛好者のためにある、といって良いだろう。また新聞にこのような詩歌の欄があるのは世界的にも珍しいことらしい。

そして戦争を短歌・俳句がどのように詠めるのかを考察するにあたって新聞歌壇・俳壇をとりあげるのは、そこに多くの短歌・俳句を愛する一般の人々の意識が反映されているからである。そしていわゆる歌人・俳人の作品よりも、短歌・俳句が戦争を詠むときの傾向や問題が理解しやすいかたちであらわれるのではないか、と考えられるからである。なお考察にあたっては、竹山広、渡辺白泉等の歌人・俳人の作品も適時とりあげていくことにしたい。

なお分析にあたっては、

一　戦争を詠んだ短歌・俳句はどれくらいあるのだろうか？　またそれはどのような内容を詠んでいるのだろうか？

二　戦争体験者が少なくなるにつれて、戦争を詠む短歌、俳句はなくなってしまうのだろうか？を問題意識にして考えていくことにしたい。そして最後に、短歌・俳句の戦争詠の可能性などを考えていくことにしたい。

一節　戦争詠の分析対象と傾向

一　毎年九月の朝日歌壇・俳壇を対象

朝日新聞の朝日歌壇、朝日俳壇は歴史のある新聞歌壇・俳壇である。戦後も早く一九四八年より再開され、現在までさまざまな選者の選をへて、おびただしい数の短歌、俳句が新聞に掲載されてきた。選者の数は多少の変動はあるが、現在は短歌と俳句それぞれ四人の選者によって、短歌では約二千五百の投歌、俳句では五千―七千の投句から選ばれた作品が、毎週選者一人につき十作品ずつ掲載されている。(七) したがってここでは朝日歌壇・俳壇の作品を、分析の対象とすることにしたい。

そして「戦争詠」については、「戦争（第二次大戦）を詠んだ作品」と幅広くとらえて分析していくことにしたい。また戦争詠を分析するにあたっては、投歌・投句から掲載まで四週間前後かかるので、終戦記念日からの時間差を考えて、毎年の九月の新聞に掲載された作品を対象としていくことにしたい。

二　全体的傾向――戦争詠は俳句より短歌に多い

戦後の朝日歌壇・俳壇の毎年の九月の戦争詠をカウントしてみると、それは(八)図2―1のようになる。図に示されるように戦争詠は、俳句よりも短歌の方が圧倒的に多い。年度にもよるが短歌は戦争詠の割合が三割近くになる場合があるが、俳句は多くても数パーセントである。これはやはり短歌、俳句という詩型の違いなのだろうか？　この点については後に考察していくことにしたい。

また戦争詠の歴史的推移をみると、短歌、俳句ともに戦争直後の十年間よりも、その後に増加している傾向がある。これは戦争体験者が壮年以降

図2－1　戦争詠の割合

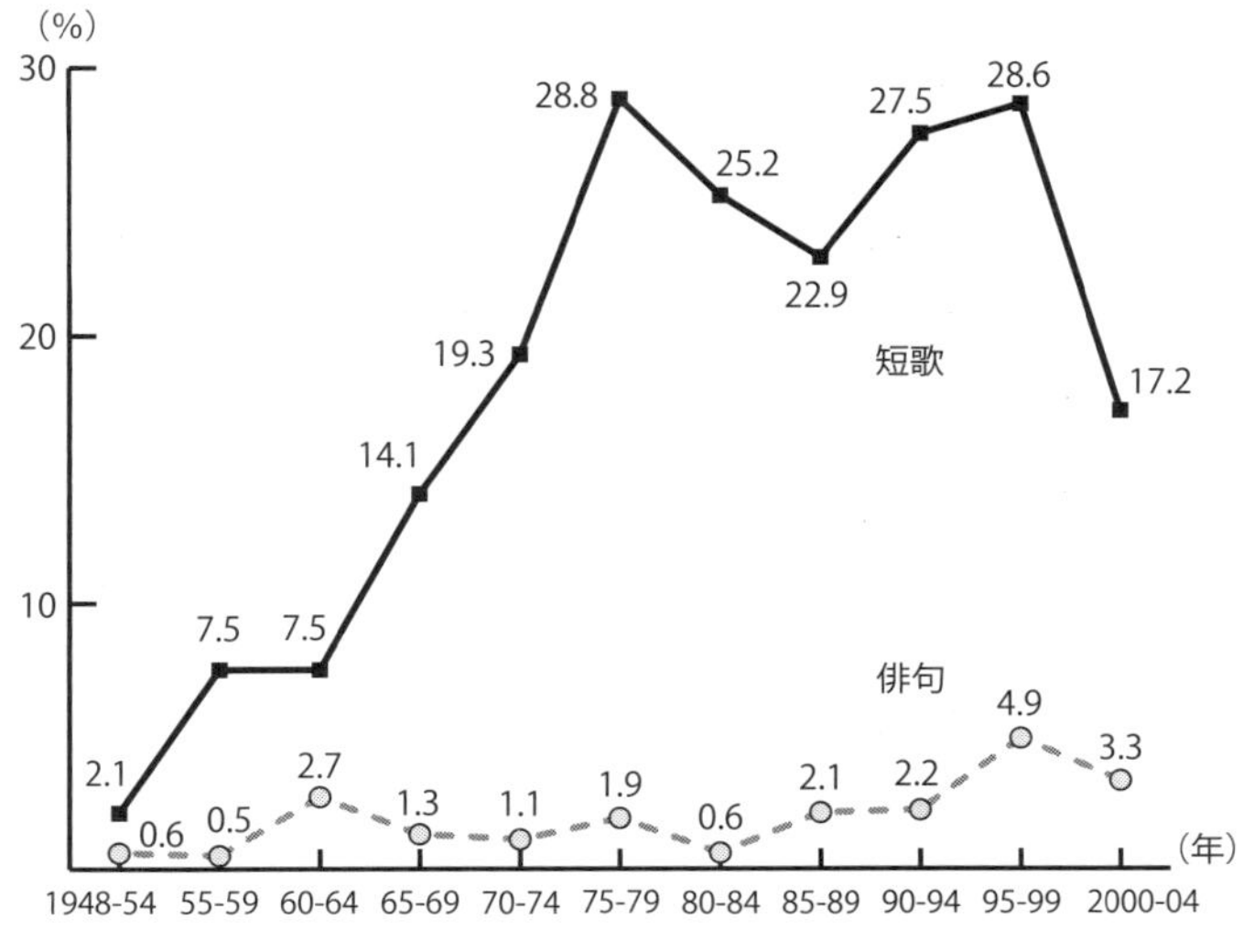

となり、人生を振り返り、ある距離を持って戦争を詠めるようになったからではないかと思う。たとえば長崎で被爆した竹山広（九）が、原爆詠を初めて詠んだのはその十年後であった。

なおたとえばそれまでの朝日歌壇には、農村などの叙景歌が多い。また図に示されるように、戦争詠は二十一世紀に入ってからやや減少する傾向にある。このように戦争体験者が減少するにつれて、短歌・俳句の戦争詠は消滅していってしまうのだろうか？　この点についてものちに、考察していくことにしたい。

それでは次にこの戦争詠をさらに分類して、考察していくこととしたい。

二節　戦争体験を詠んだ作品――戦争詠全体の二、三割

一　戦争体験歌――生死を問われた体験をうたう

まず直接・間接の戦争体験を詠んだ作品をみると、戦争詠全体の中での比率が、短歌が約三割、俳句が約二割あった。それではまず、短歌の戦争体験歌をみてみよう。

①理科室のうす暗き隅に青酸カリわけあいし友らいかに生くるや

益子世津子（一九六七年九月十日）

②復員船に積載出来ず兵泣きて珠江の岸に捨てし軍馬よ
永渓素水（一九七二年九月二十四日）

③わかものら「今年きりら」と叫びつつかの夜踊りて果てもなかりき
新田公淳（一九七四年九月十五日）

④倒れたる戦友の太ももの肉食せし吾これがまことの戦かと知る
大草時法（一九七六年九月十二日）

⑤戦無派とはやされ育ちし我にして涙して読む昭和萬葉集を
松本久子（一九七九年九月十七日）

⑥さりげなく菓子や煙草を落しゆくビルマの老女俘虜に優しき
向井茂雄（一九八〇年九月七日）

⑦泣きながら父が見送りし祖父の忌よ家族史の中に戦争はあり
大田美和（一九八八年九月三日）

⑧マラリアの熱の悪感を昼蚊帳に耐えて俘虜たりき十八なりき
樋口一郎（二〇〇二年九月八日）

⑨六十年前の自分を偲びつつ歌集「八月十五日」を読みつぐ
田中博（二〇〇四年九月二十日）

①は敗戦当時、自分の身がどうなるかわからないので理科室のうす暗いすみで青酸カリを友と分け合って自殺も覚悟した、という体験の歌。選者である五島美代子が、「敗戦当時の切実な思い出。殊に女性として覚えある身に共感がある。」と評している。

②は〈軍馬〉の歌。復員船に積載できずに兵が中国の珠江《しゅこう》の岸で泣いて捨てた、という生死をともにした軍馬との強い絆がうたわれている。なおその他にも、〈一口はわれも嚙りて畑より抜き来し人参軍馬に食わしぬ〉（佐々木孟洲（一九七六年九月十九日））、〈馬よりも安しと言われ召され征き徹夜で病める馬を看取りし〉（川崎協（一九八五年九月一日））、〈「一頭モ故国へ還ルコトハナシ」馬魂碑文《ばこんひぶん》にふる蟬時雨〉（山地千晶（二〇〇三年九月一日））など軍馬に関する歌はいくつかあり、当時は本当に馬が人間の身近にいたのだとあらためて思った。なおやや余談となるが、たとえば現在われわれが使っている言葉の中でも「道草を食う」、「馬が合う」などの馬に関係するものは多く、人間と馬とが共生していた時代はつい最近まであったのだとあらためて思った。現在は馬を触ったり、直接見たりさえしたことがない若者も多いのではないだろうか？

③は死を覚悟した出征を前にした、若者たちの盆踊りの体験をうたった歌。選者の宮柊二が次のように語っている。

「徴兵また召集を控えた若者たちの、あの頃の盆踊り風景。『今年きりら』は『今年限りだ』という意。そして、出征し生還し得なくなった若者も多かったろう。」

そして④は、〈戦友の太ももの肉〉を食べたという、痛ましい体験の歌である。選者の五島美代子は次のように評している。

「驚かされた。本当かしらと疑うのは、生命の極限のぎりぎりの体験を持たないからであろうか。作者はいま保養院に在り、やむにやまれぬ告白とすれば、頭の下がるほかはない。」

なお私は、わざわざ新聞歌壇という多くの人に読まれる場でうたっているところからみても、本当の体験だと思った。また〈倒れたる戦友〉という言い方からして友はもう死んでおり、戦争中という極限状況の下で生き延びて日本に帰るためには、何ら作者が非難される行為ではない、と思って読んだ。

⑤は〈戦無派〉の作者が、〈昭和萬葉集〉によって涙して戦争を追体験したことがうたわれている。

⑥はビルマでの俘虜《ふりょ》の体験の歌。さりげなく菓子や煙草《たばこ》を落としていって俘虜にあたえた、優しい老女の思い出がうたわれている。

⑦は子どもであった〈父〉が、泣きながら〈祖父〉の出征を見送った、そしておそらく祖父は戦死した、という〈家族史の中〉の戦争体験を、若い作者がうたっている。

⑧も十八歳で俘虜となったつらい戦争体験の歌。選者の佐佐木幸綱が「半世紀たっても色あせることのない体験である。蚊の出る季節になると、ことに、思い出されるのだろう。」と評している。

最後に⑨は、歌集「八月十五日」によって、六十年前の自分を追体験している歌である。

このように短歌において、生死を問われたさまざまな戦争体験が生き生きとうたわれている。

二　戦争体験句──〈唐黍〉〈綿〉などに思いを込め

それでは次に、短歌に比べると数は少ないが、戦争体験を詠んだ俳句をみることにしたい。

①唐黍のかたきを噛めり終戦日　宮岡惺子（一九七三年九月二日）
②生き残り生き残りして終戦忌　久保草児（一九八五年九月八日）
③大連に少女期ありぬ終戦日　原田貞子（一九八七年九月十九日）
④焼夷弾ふりし稜線遠花火　関本優（一九九五年九月三日）
⑤霊祭る父に被爆の昔あり　田中南嶽（二〇〇〇年九月三日）
⑥嬰殺《あや》めんと母の手に綿《わた》敗戦忌　酒井忠正（二〇〇二年九月二日）

①の〈唐黍《とうきび》〉とはトウモロコシのこと。終戦日に噛んだかたいトウモロコシが、当時の貧しい食糧事情や生活を表現している。

②は、戦前、戦中、そして戦後のさまざまな体験を生き残り、生き残りして〈終戦忌〉を迎えたことが詠まれている。

③は、日本の租借地であった大連《だいれん》での〈少女期〉が詠まれている。
④は、現在の遠花火が光る稜線に、かつては焼夷弾が降ったことを思い出して詠んでいる。
⑤は、霊を祭る父に被爆の体験があったことを、子である作者が詠んでいる。
最後に⑥は、敗戦の混乱の中で、嬰児を生きて苦しませるよりは綿で首を絞めて殺そうとした、悲痛なる母の体験が詠まれている。

このように俳句でも、〈唐黍〉、〈綿〉などに思いを込めつつ、戦争体験が詠まれている。

三節　鎮魂の作品――戦争詠全体の二割前後

次に戦死者を悼む鎮魂の作品が、戦争詠全体のなかで短歌に二割強、俳句に二割弱みられた。鎮魂作には、「死者を思い出す―作品をつくる―死者が癒される」という機能がある、とされている。また鎮魂作を詠むことは、「死者を思い出す―作品をつくる」ことによって「作者自身が癒される」という機能も考えられ、これらが八月十五日の終戦記念日近くになると数多くの鎮魂作が生まれる原因となっているのではないかと思う。なお日本の終戦記念日はお盆に近く、不謹慎な言い方かもしれないが、もし終戦記念日が他の時期なら、日本人のそれに対する気持ちも現在と微妙に変わっていたのではないか、と思う。

また当然ながら、終戦記念日の形態は国によって異なる。第二次世界大戦の戦勝国では、死者を悼むとともに自分たちの国が戦争に勝ったお祝いの日でもある。以前生徒を夏休みのホームステイでオーストラリアに引率したときに、終戦記念日にお祝いのパレードがあってカルチャーショックを受けたことがあった。

一　鎮魂歌——愛する人を鎮魂

それではまず、短歌の鎮魂歌をみてみよう。

①あの世にて告げなん誓い生きぬきて征かせしままのおとめなる身と
金葉子（一九七一年九月五日）

②オンドルの藁の中より引き出せる児を埋めきて三十三年
長島昌子（一九七八年九月二十六日）

③還らざる弟が征くとき植えし杉畠に根を張り巨木となりぬ
小城純雄（一九八八年九月三日）

④義父と叔父三人の骨なき墓石ありわが身めぐりの終戦記念日
桜井雅子（一九九七年九月一日）

⑤わが焼きし餓死兵偲ぶ終戦はせめて一日断食に耐う　　高沢義人（二〇〇二年九月八日）

⑥許すこと許されぬことありし世に原爆忌今日長き黙祷　　笠松一恵（二〇〇二年九月八日）

①は、〈(君を）征かせしままのおとめなる身（この場合は、やはり処女という意味だろう）〉という、あの世で告げようとする誓いを自分は生き抜いてきた、ということをうたっている。それぞれの時代の中での男と女の関係があった、とあらためて思う。

②は選者の近藤芳美より、「略奪を恐れ、オンドルの藁の中にかくしておいた子は死んでいた。幼児だったのであろう。その子を埋めて引揚げて来た。（中略）終戦後の、大陸からの敗走の日々の記憶の歌である。」という解説がある。自分のおこなったことが子どもの死を招いてしまったという痛恨の念が、三十三年後にしてこのような歌をうたわせているのだろうか。

③は畠に根を張り巨木となった杉から、それを植えた〈還らざる弟〉を思い出してうたっている。そして④は、終戦記念日に〈骨なき墓石〉がある〈義父と叔父〉をしのんでうたわれ、⑤は〈わが焼きし餓死兵〉という戦友をしのんで、終戦記念日に断食をしていることがうたわれている。

最後に⑥は、二十一世紀になって〈許すこと許されぬことありし世〉に、原爆忌の長き黙祷がうたわれている。

二　鎮魂句――〈敗戦忌〉〈原爆忌〉などの季語

それでは次に、俳句の鎮魂句をみることにしたい。

①アルバムのをのこら若し敗戦忌　浜須弘子（一九七一年九月二十六日）
②爆心に釘付けの母原爆忌　大竹建三（一九七二年九月十日）
③赤児泣く声は尊し原爆忌　熊沢雅晴（一九八八年九月三日）
④甲種合格みな逝きて敗戦忌　冨士田英甫（一九九五年九月十日）
⑤四郎まで産んで殺して敗戦忌　杉森日出夫（一九九八年九月十三日）
⑥零戦に兄乗つてをる終戦忌　馬目空（二〇〇四年九月六日）

①は〈敗戦忌〉という季語から、アルバムの写真では若いままに写っている男《をのこ》たちを悼んだ句、と読んだ。

②も〈原爆忌〉という季語から、〈爆心に釘付けの母〉とは原爆によって爆心地に釘付けのように亡くなった母を詠んだ句、と読んだ。

そして③も、現在の赤児が泣く声を聞きながらその命の尊さを思いつつ、〈原爆忌〉に多くの亡くなった人を悼んだ句、と読んだ。
④は、徴兵検査で〈甲種合格〉となって兵となり、戦争で逝って（亡くなって）しまった人々を詠んだ句、⑤も〈敗戦忌〉という季語から、一郎から四郎まで、産まれて戦争で殺された人々を悼んだ句であろう。
そして⑥も〈終戦忌〉という季語から、〈零戦に兄乗つてをる〉とは現在も零戦に乗っているように感じられる戦死した兄を悼んだ句、と読むことができる。

このように俳句の鎮魂句も数は少ないがいくつか着目すべき作品があり、特に〈敗戦忌〉、〈原爆忌〉、〈終戦忌〉などの季語が一句の中で効果的に使われていることに着目したい。

四節「多様化した」戦争詠

以上みてきたように、新聞歌壇・俳壇の戦争詠の主流は、戦争体験の作品、そして鎮魂の作品であった。これらは基本的に戦争の悲惨さをうたい、死者を悼むものであった。しかし戦争から年月がたつにつれて、これらとは異なる戦争詠も生まれている。たとえばすでに一九六〇年代で、

艦と共に沈みし祖父と聞かせてもなお戦争にあくがるる子等

佐藤美智子（一九六一年九月二日）

のように、子どもたちの戦争観への違和がうたわれている例がみられる。また九〇年代には、

その意味を知れるや若き日系ら「特攻」と刷られしTシャツを買う

（アメリカ）吉富憲治（一九九四年九月十八日）

のように、若者のファッションから若い世代との戦争観の違和をうたっている作品もある。したがってここでは多様化した戦争詠を、いくつかに分類して分析することにしたい。なお俳句は分類するほど多くはないので、最後にまとめて分析することにしたい。

一　加害者の視点の歌

まずは日本人を、戦争の加害者としてみる視点の歌がみられる。

①与えたる傷の痛みを知らざりし日本の友よ戦争とは何

②太平洋戦史の授業に僕をみる友の眼変わったと子は云う
李正子（一九七五年九月七日）

③日本兵こうして赤児を殺せしと銃剣刺す仕草に息をのむ
（フィリピン）安藤祥子（一九七七年九月四日）

①は日本の友に対して、〈与えたる傷の痛みを知らざりし〉と問うている歌である。
また②は外国に住んでいる作者の子どもが、〈太平洋戦史の授業〉で友だちの自分を見る眼が変わってしまったと嘆いている歌、③は、日本兵がこうして赤児を殺したという銃剣を刺す仕草に息を呑んだ、という歌である。ともに作者の子どもと作者が、戦争の加害者という視点から問われていることがうたわれている。

二　相対化の視点の歌

また次のような日本人の戦争観を相対化する視点からの歌もみられる。

「ナガサキには投下すべきでなかった」と譲歩さるるも落差埋め得ず
（アメリカ）吉富憲治（一九九五年九月二十四日）

この歌は初句の〈ナガサキには〉がポイントだろう。おそらくアメリカ人と原爆の是非について言い争い、「ナガサキには投下すべきでなかった」と譲歩された＝つまり他の場所なら投下はやむをえなかったといわれた、という意味だと思う。

ところで先に見た加害者の視点、そしてこの歌の相対化の視点は、基本的に作者が自発的にそのような視点を持ったという歌ではなく、そのような視点から見られたことをうたった歌であった。

それにたいして、

戦争で死んだ友のため泣く祖父よ我の手首の傷に気付けよ

緒川悠子（一九九七年九月八日）

という歌は、うたわれている内容の是非はともかく、若い作者が祖父へ〈戦争で死んだ友〉よりも自分のリストカットの傷に気づいて欲しい、と問いかけた歌であり着目した。

三　戦争肯定の視点の歌

最後に戦争自体を肯定した歌もみられる。

戦いも過ぐれば今よりよき事の何かはありし酔いし軍歌聞こゆ

市岡隆子（一九六二年九月二十三日）

この歌は強い戦争肯定の歌ではないだろう。作者は女性なので出征した経験はなく、男たちの軍歌を遠くから聞いている。そしてうっすらと〈戦いも過ぐれば今よりよき事の何かはありし〉と思っている、そのような歌だ。選者だった宮柊二が、「皮肉のようではありながら、一首の悲哀を響かせているところに注目する」と鑑賞している。

独立の国あまた生み自からは敗れし国を知るか明月

藤田豪之輔（一九七三年九月三〇日）

この歌はやはり日本について、〈独立の国〉をたくさん生んで自らは敗れてしまった国、とうたっている歌であろう。第二次世界大戦の日本を肯定する視点からうたった歌だと思う。

四　その他の着目した歌

最後にその他の着目した歌をみていくことにしたい。

①涙して原爆乙女の訴うるを桑摘みし夜のラジオに聞きぬ

板野彦三郎（一九五六年九月二日）

②特攻機紫電と砕けし初恋の君が文もつ妻を咎（とが）めず

藤田君雄（一九七二年九月十日）

③慰安婦を拒否せし青年も加わりて夫ら祈りし新京のチャーチ

斎藤たまい（二〇〇〇年九月三日）

①は涙して訴える被爆した女性を〈原爆乙女〉とうたっており、現在は死語となってしまったことの言葉の新鮮さにあらためて着目した。

②は、特攻機の紫電と共に砕けて亡くなってしまった初恋の君（人）の文を持っている妻を咎めない、と夫がうたっている歌。〈初恋の君〉とうたっているので、妻の初恋の人は作者が知っている人ではないかと思う。このような、戦争にともなうさまざまな男女の関係があったのだとあらためて思った。

そして③は、〈慰安婦を拒否せし青年〉（慰安婦と寝ることを拒否した青年）がうたわれていて、着目した。

五　「多様化した」戦争句

それでは最後に、多様化した戦争句をみることにしたい。

①のびやかに妊婦服着ぬ終戦日　風間ゆき（一九六四年九月十三日）
②大声で電話が歩く敗戦日　鷲野良（一九九六年九月二日）
③広島忌木陰に熱きは韓国碑　佐々木淑子（一九九六年九月二日）
④ダンディーは海軍仕込み生身魂　髙田菲路（一九九七年九月一日）
⑤食はぬ子の機嫌とりをり終戦日　鈴木紀秀（二〇〇二年九月二日）
⑥八月やふくらみ来たるかの正午　宮本満（二〇〇二年九月二日）
⑦戦争を語らなんだ父の墓洗ふ　小林英昭（二〇〇二年九月八日）
⑧終戦日もはや戦前だと思ふ　坂本玄々（二〇〇三年九月一日）

①は一九六〇年代の高度成長のときの歌。〈のびやかに妊婦服着ぬ〉という戦後の伸びやかさと、

子を産み、育てることもままならなかった終戦日との違和が詠まれている。

②は九〇年代半ばの歌。〈大声で電話が歩く〉とは、当時はまだ珍しかった携帯電話のことだろう。やはり大声で電話しながら歩く若者と、敗戦日との違和が詠まれている。

③は広島忌の句。選者の川崎展宏が、「多少、表現に無理があるが、重い内容。『韓国碑』は韓国原爆犠牲者慰霊碑のこと。木陰でも熱い、異国の地での犠牲者の碑。」と評している。

④は、陸軍と比較して、〈ダンディーは海軍仕込み〉と詠んでいる。むかし海軍は、「(一〇)スマートさが信条」であったそうだ。なお〈生身魂《いきみたま》〉は季語で、両親の長命を祈って饗応することをいい、作者の父親のことをうたっているのではないかと思う。

⑤は、なかなかものを食べようとしない現在の子どもの機嫌を取りつつ、食べることもままならなかった終戦日との違和が詠まれている。

⑥の〈かの正午〉とは、やはり玉音放送があった八月十五日の正午だろうか？〈ふくらみ来たる〉は直接は雲を表現したのだろうが、やはり戦争の不気味さも表現しているのだと思う。

⑦は生前戦争を語らなかった父を思いだしつつ、その墓を洗っていることが詠まれている。そして語らなかったことを詠むことによって、逆に父にとっての戦争の重さが表現されていると思う。

⑧は現在の終戦日はもはや未来の戦争の戦前だと思う、ということで、将来の戦争にたいする不安が詠まれている。

このように短歌と比べると数は少ないが、俳句でもさまざまなかたちで戦争が詠まれている。

おわりに・戦争詠の未来

一　俳句は戦争を詠みがたいか

以上のように短歌と俳句の戦争詠をみたが、俳句の方が戦争詠が少なかった。これは短歌と俳句という詩型の本質に根ざすものなのだろうか？　確かに単純に考えて戦争体験などを詠むとき、短歌が三十一字なのにたいして俳句は十七字であり、伝える情報量が少ないことが考えられる。また一章で考察したように、短歌の叙情に対し俳句の叙景という特徴から、俳句は鎮魂の作品を詠むことが難しい、ということが考えられる。

しかしみてきたように戦争体験については、次のような俳句があった。

①唐黍のかたきを噛めり終戦日　宮岡悍子（一九七三年九月二日）
②嬰殺《あや》めんと母の手に綿《わた》敗戦忌　酒井忠正（二〇〇二年九月二日）

これらの句において、①では〈唐黍のかたきを噛めり〉という感触で、十分読者に〈終戦日〉の貧しさ、苦さが伝わってくると思う。また②でも、初句と二句で十分読者に母の体験の凄まじさが伝わってくると思う。

また鎮魂についても、次のような俳句があった。

①爆心に釘付けの母原爆忌　大竹建三（一九七二年九月十日）
②零戦に兄乗つてをる終戦忌　馬目空（二〇〇四年九月六日）

これらの句は、確かに直接には叙情をしてはいない。しかし①では母を〈釘付け〉と詠むことによって、また②では現在でも〈零戦に兄乗つてをる〉と詠むことによって、母や兄を悼む思いを十分読者に伝えることができる。また、

八月やふくらみ来たるかの正午　宮本満（二〇〇二年九月二日）

という句も、〈かの正午〉を叙景のように〈ふくらみ来たる〉と詠むことによって、戦争の不気味さを十分読者に伝えることができる。

また衆知のように渡辺白泉は、次のようなすぐれた戦争を詠んだ俳句を残している。

渡辺　白泉『白泉句集』

①戦争が廊下の奥に立つてゐた

②銃後といふ不思議な町を丘で見た

③赤く青く黄いろく黒く戦死せり

終戦

④新しき猿又ほしや百日紅

①では、戦争を〈廊下の奥に立つてゐた〉と擬人化させて、具体化させて詠むことによって、いつのまにか家の中に立っているような戦争の不気味さを表現していると思う。

②では、「銃後といふ町」を〈不思議な〉と形容することによって、銃後の非日常性が伝わってくる。丘から町全体を見ているという設定も効果的である。

③も叙景のように詠みながら、〈戦死〉を、本来はありえない〈赤く青く黄いろく黒く〉と詠むことによって、さまざまな戦死の在り方、その悲惨さ、滑稽さを読者に想像させていると思う。

④は「終戦」という詞書がある句。この句については（一一）つまらない句という説や、軍の与えた特殊な猿股があって、それをもう穿《は》かなくていいという説など、さまざまな解釈があるようである。しかし「猿股」ならやはりそのように表記すると考えられ、私はこの句は、百日紅が新しい猿を又欲

しい、つまり日本（あるいは世界）が、又滑り落ちる猿（人間）を欲している、という意味ではないかと読んだ。

このように、「かなしい」、「偲ぶ」など感情を詠まなくても、具体的な情景を詠んでいるようにみえながら、言葉の選択によって読者にさまざまな戦争に対する思いを伝えることは十分可能、といえよう。

このように、一般に俳句に戦争詠が少ないことは事実であるが、本質的に戦争体験や鎮魂などの戦争詠を詠みがたいとはいえず、作者の心と言葉によって、さまざまに戦争を詠める可能性があるのではないかと思う。

二　戦争を詠み続ける可能性——歌枕《うたまくら》としての広島・長崎、季語としての敗戦忌・原爆忌

（一）戦争を詠み続ける作品

また短歌・俳句ともに考えられる問題として、いつか戦争を直接体験した者がいなくなってしまうと戦争詠もなくなってしまうのではないか、ということが考えられる。しかしみてきたように、次のような短歌・俳句の戦争詠がみられた。

①戦無派とはやされ育ちし我にして涙して読む昭和萬葉集を

②泣きながら父が見送りし祖父の忌よ家族史の中に戦争はあり
松本久子（一九七九年九月十七日）
大田美和（一九八八年九月三日）

③許すこと許されぬことありし世に原爆忌今日長き黙祷
笠松一恵（二〇〇二年九月八日）

④終戦日もはや戦前だと思ふ
坂本玄々（二〇〇三年九月一日）

①は戦無派の作者が、〈昭和萬葉集〉を追体験して、涙して読んだことがうたわれている。また②は、戦後生まれの作者が、家族史の中の戦争を追体験してうたっている。そして③、④はともに、必ずしも直接戦争体験がなくてもうたうことができる作品だと思う。

このように人々が戦争体験の重要性を忘れず、死者を悼む気持ちがある限り、直接の戦争や肉親の戦死などの体験がなくとも、戦争詠を詠み続けることは十分可能であろう。また、たとえば『昭和萬葉集』のように、戦争を詠むことによってまた新しい戦争詠が生まれる可能性がある。そして実際に戦争詠は二十一世紀になっても顕著に減少していず、これらを必死に歌い継ごうという者が現在も多数いることが伝わってくる。

(二) 歌枕《うたまくら》としての広島・長崎

また特に短歌・俳句で戦争を詠むことにおいて、歌枕《うたまくら》、季語は重要と思われる。歌枕とは短歌史のなかで多く詠まれてきた地名で、「宇治」、「白河関《しらかわのせき》」などのようにさまざまに詠まれることによって地名自体がイメージを吸収し、表現力を持つようになったものである。そして広島、長崎はすでに多くの短歌・俳句に詠まれており、第二次大戦後の歌枕として定着しつつあるのではないかと思う。たとえば、次のような作品をあげることができる。

這伏の四肢ひらき打つ裸身あり踏みまたがむとすれば喚きつ
竹山広「悶絶の街」『とこしへの川』一九八一年
傷軽きを頼られてこころ慄ふのみ松山燃ゆ山里燃ゆ浦上天主堂燃ゆ
ふさがりし瞼もろ手におしひらき弟われをしげしげと見き
死肉にほう兄のかたへを立ちくれば生きてくるしむものに朝明く
真夏汗して人を抱き敷き立秋の向かうに燃ゆる都市の名を呼ぶ
「ヒロシマ私の恋人」大口玲子『東北』二〇〇二年

広島や卵食ふ時口ひらく
西東三鬼

竹山の短歌では、長崎で兄とともに被爆した体験が限りなき臨場感を込めてうたわれている。

「悶絶の街」には冒頭に、次のような詞書がある。

「昭和二十年八月九日、長崎市、浦上第一病院に入院中、一四〇〇メートルを隔てた松山町上空にて原子爆弾炸裂す。」

そして一首目は、逃げまどうなか、這いずり伏し四肢をひらき打つ裸身を、踏みまたごうとしたら、生きているその裸身が喚《わめ》いた、という凄惨な光景が詠まれている。二首目は、竹山が比較的傷が軽いのを重傷者から頼られてこころ慄《ふる》え、眼に見える松山、山里、浦上天主堂の全てが燃えている光景が詠まれている。

また三首目の前には、次のような詞書がある。「翌十日夕刻、金比羅山麓にて、上半身火傷の兄に会ふ。」そして火傷の兄が〈ふさがりし瞼《まぶた》〉を両手で押し開き、弟である自分をしげしげと見たことが詠まれている。そして四首目は、その兄も息絶えて死肉が臭う姿になり果てたが、そのかたわらに立てば生きて苦しむ自分たちにまた朝が明けてくることが詠まれている。

そして戦後生まれの大口は、上の句の性愛の場面から、下の句に広島（燃える都市）を詠み込んだ実験作を発表している。

また三鬼の句については、

「（一二）人は食う、その食い物に見合っただけの口を開けて。まるで機械人形のように口を開けて生きる。ここでは理想や理念は際限なく遠ざけられる。そのようにしてしか生きていけない人間の生、そのようにさせて生きさせる人間の文明。三鬼はこの人間の口に無明を、虚無を、見たのです。」という解釈がある。また口ひらく顔は、被爆して髪も目も鼻もない卵のようにのっぺらぼうな顔を想像することも可能であろう。

(三) 季語としての敗戦忌・原爆忌

また季節を示す言葉としての季語は、さまざまな歳時記に多少の異同がありつつ掲載されている。そしてみてきたように、「敗戦忌」、「終戦日」、「原爆忌」などの言葉は、八月の季語として定着しつつある。特に「敗戦忌」、「原爆忌」などは「忌む」という字があることによって、他の言葉とのつながりのなかで戦争に対するさまざまな思いを詠み込むことが可能であろう。なお現在、歌枕は短歌、季語は俳句に基本的にもちいられているが、相互に詠み込んでも問題はないと思う。たとえば六章でみるように塚本邦雄は、「敗戦忌」をもちいてすぐれた短歌を詠んでいる。

かつて短歌・俳句は、結婚式などのお祝いの時に詠んだり、恋愛の時に送り合ったり、また死に直面しての辞世など、人々が生きていくなかで身近に息づいているものであった。しかしこのような短歌・俳句の機能がほとんど見られない現在、毎年めぐりくる終戦記念日に詠まれる戦争詠は、日常の中での短歌・俳句の残された可能性としても重要であろう。

三　戦争詠を詠み続ける必要性——手塚治虫と塚本邦雄のあとに

また戦争を詠み続けることは、過去の戦争が忘れられる風潮がある今日、ますます必要であると思う。

私個人としては、残念ながらテロも戦争も、歴史の中で必要悪として存在する場合があると思う。テロは圧倒的な武力に抵抗する手段として、またある問題が存在することを世界に知らしめるために必要な場合がある、と思う。また戦争も、ヒトラーと戦った国々のように、より大きな殺戮をくい止めるために必要な場合が残念ながらあると思う。

したがって、内的・外的プレッシャーのなかできちんと判断できるかどうかはわからないが、現実の場面で自分がテロリストや兵士になるかはそれぞれの場面で判断するしかない、と思う。たとえば日本に徴兵制がしかれた場合、良心的徴兵忌避として選択の余地があるなら、地域のボランティア活動などを選択する可能性はあると思う。実際にはそのころ私は、お国の役に立たない老人なのだろうが。また自分や自分が愛するものが殺されるときにもテロや戦争に反対する絶対的平和主義者は、それはそれで尊敬したいと思う。

しかしだからこそわれわれが戦争という手段を安直にとらないために、戦争の悲惨さを、くり返し、くり返し詠む必要があると思う。最近は平和を唱えると、「平和ボケ」と非難される場合がある。しかし一部の戦争の悲惨さを忘れた人々の方が「重度平和ボケ」なのではないかと思う。

このような戦争の悲惨さを表現し続ける問題について、たとえば手塚治虫（一三）はあるパーティーのスピーチで、「しっかりしたテーマを持たないで戦争漫画を描くことは、とても恐ろしいことだ。戦争が面白いみたいな描き方だけは許せない。」と激怒したそうだ。また六章でみるように戦後の短歌をリードした塚本邦雄は、生涯戦争を憎悪し続け、戦争詠を歌い続けている。戦争を体験した表現者が少なくなっている今日、このような先人たちの努力に学んでいくことは特に大切だと思う。

現在日本人が共通に意識して迎える日は、一月一日の正月と八月十五日の終戦記念日のみであろう。一年に一回めぐりくる終戦記念日を、季語、歌枕などを駆使しつつ、戦争体験を詠み継ぎ、死者を鎮魂しつづけることは、忘れられてしまいがちな短歌・俳句の機能としてきわめて重要であろう。またそれはすでに戦後生まれた新しい伝統として、定着しつつあるのではないかと思う。そしてこのように詠み続けることは、過去の戦争を忘れて現実の戦争を呼び込む危険性が増大している今日、とりわけ意味があることと思うのである。

注および引用文献

（一）時には海外からの投歌・投句もみられる。また窪田空穂の毎日歌壇に投歌した「死刑囚歌人」島秋人、朝日歌壇に投歌した連合赤軍事件の坂口弘などの、獄中からの投歌もある。

（二）近藤芳美「新聞歌壇とは何か」「短歌往来」ながらみ書房、一九九四年十月号。
（三）山田富士郎「ベトナム戦争にみる新聞歌壇」『昭和短歌の再検討』砂子屋書房、二〇〇一年。
（四）関川夏央「「参加幻想」について　新聞歌壇の人々（2）」「NHK歌壇」日本放送出版協会、二〇〇三年七月号。のちに『現代短歌　そのこころみ』集英社文庫、二〇〇八年に集録。
（五）島田幸典「メディア・ポリティクスと短歌」「歌壇」本阿弥書店、二〇〇二年二月号。
（六）荒井直子「作品発表の〈場〉としての新聞歌壇」「塔」二〇〇五年一月号。
（七）二〇〇七年七月の電話取材による。
（八）戦争詠のカウントは筆者がおこなった。できる限り注意深くおこなったが、どの作品が戦争をうたっているかの評価に主観が入るのは避けがたい。したがってここでは主に、戦争詠は俳句よりも短歌の方が圧倒的に多いことや時代による推移など、その全体的傾向を確認していただきたいと思う。
（九）一九五五年、三五歳の時、「夢に脅かされて作り得なかった原爆詠を初めて作る。」と書いている。「竹山広略年譜」『竹山広全歌集』ながらみ書房、二〇〇一年。
（一〇）佐々淳行『目黒警察署物語』文春文庫、一九九四年、一九三ページ。
（一一）宇多喜代子・上田五千石・佐佐木幸綱・山田みづえ「特別座談会　現代俳句のゆくえ」「俳句」角川書店、一九九六年六月号、二四九ページ。
（一二）現代俳句協会編『現代俳句歳時記　無季「ジュニア」』学研、二〇〇四年、七一ページ。
（一三）永井豪・呉智英・大塚英志「追悼鼎談　手塚治虫はお釈迦様だった。」『文藝別冊　総特集　手塚治虫』河出書房新社、一九九九年。

参考文献

篠弘『近代短歌史―無名者の世紀』三一書房、一九七四年。
「特集　新聞歌壇選者に聞く」「短歌往来」一九九四年十月号。
小高賢「第六章新聞歌壇の社会学」『宮柊二とその時代』五柳書院、一九九八年。
阿木津英「〃良い歌〃とはどのようなものか」「短歌往来」二〇〇二年四月号。
藤木直実「虚構の時代の果てのリアリティ」「あまだむ」二〇〇三年三月号。
「特集　新聞歌壇の現在と未来」「短歌往来」二〇〇七年五月号。

三章　短歌・俳句をよむ若者とは?――千四百人の高校生調査から

はじめに

二〇代から活躍している歌人・俳人がいるとはいえ、七章でみるように、短歌・俳句は六〇代が主流であり、若い歌人・俳人はごくごく少ない。いったい若者たちはどのようにしたら短歌・俳句を読み、詠むのだろうか？　また若者のまわりにあるマンガ、音楽、テレビ、そして携帯、若者言葉、学校、友人などは短歌・俳句をよむことにプラスの影響をあたえているのだろうか、それともマイナスなのだろうか？　本章ではこれらの問題について、約一四〇〇人の高校生におこなった調査（一）をもとに分析していくことにしたい。

一節　若者が短歌・俳句を読み、詠むまで

まずまわりの人間や日常の意識・行動などから、若者が短歌・俳句を読み、詠むまでのプロセスを分析していくことにしたい。

一　まわりの人間——熱心な先生は四分の一、詠む親族は一割弱

若者に短歌・俳句について聞くと、それは表3－1のようになる。表にみられるように、まずまわりの人間については、「先生に短歌や俳句に熱心な人がいた」が約四分の一（二四・九％）、「親や親戚で短歌や俳句をつくっている人がいる」が一割弱（七・七％）であった。短歌や俳句に熱心な先生が約四分の一いたのは、予想よりもかなり多かった。またそれは地方（秋田）よりも東京に多かった。

二　日常の知識と行動——基本的知識はあるが、今年百人一首をしたのは約二割

短歌・俳句に関する知識については、「短歌は5・7・5・7・7、俳句は5・7・5であると思う」が約八割（八〇・八％）であった。私などもときどきまわりの大人から「短歌は五七五でし

表３－１　短歌・俳句に関する意識と行動

（%）

		全体	男子	女子
まわりの人間	先生に短歌や俳句に熱心な人がいた	24.9	24.2	25.6
	親や親戚で短歌や俳句をつくっている人がいる	7.7	6.8	8.5
知識	短歌は５・７・５・７・７、俳句は５・７・５であると思う	80.8	82.3	79.2
	若山牧水という歌人を聞いたことがある	55.3	51.0 ＜	59.5
行動	今年の正月に百人一首をした	17.2	15.2	19.1
イメージ	短歌、俳句は古い、というイメージがある	61.3	61.8	60.8
	短歌、俳句は難しい、というイメージがある	65.9	63.6	68.2
読み	この１年間、授業以外で短歌、俳句を読んだことがある	27.2	26.0	28.4
詠み	短歌、俳句をつくったことがある	41.9	35.8 ＜	48.0

たっけ？」などと聞かれることがあるが、むしろ学校に通っている若者の方が基本的知識は正確なようであった。

また

白玉《しらたま》の歯にしみとほる秋の夜の酒はしづかに飲むべかりけり　『路上』

などを詠んでいる「若山牧水という歌人を聞いたことがある」が五割強（五五・三％）あった。

また百人一首という短歌に関する行動については、「今年の正月に百人一首をした」若者は約二割（一七・二％）であった。

三　短歌・俳句のイメージは古い、難しいが約六割

短歌・俳句のイメージについては「短歌、俳句は古い、というイメージがある」（六一・三％）、「短歌、俳句は難しい、というイメージがある」（六五・九％）がともに約六割で、どちらかというとマイナスイメージがあるようであった。

四　短歌・俳句の（この一年の）読みは約三割、詠みは約四割が体験

実際の短歌・俳句の読み・詠みについては、「この1年間、授業以外で短歌、俳句を読んだことがある」が約三割（二七・二％）、またこれまで「短歌、俳句をつくったことがある」が約四割（四一・九％）であった。

このようにとにかく短歌・俳句を詠んだことがある者が約四割おり、それは男子（三五・八％）よりも女子（四八・〇％）に多かった。

五　短歌・俳句を読み、詠むまでのプロセス

次にこれらの、まわりの人間、日常の知識と行動、短歌・俳句へのイメージ、短歌・俳句の読みと詠みの関係をみてみよう。これらの、あるものがイエスだと他のものもイエスになるという関係を調査し、[二]関係があるものを矢印で示すと、それは図3−1のようになる。

（一）親や先生はさまざまな影響がある

図に示されるように、まわりの人については、「親や親戚で短歌や俳句をつくっている人がいる」ことと、「先生に短歌や俳句に熱心な人がいた」ことは関係している。これは、たとえば親や親戚が短歌や俳句をつくっていてそれに興味を持った場合、先生に短歌や俳句について聞きにいったり、短歌や俳句に熱心な先生を記憶していたりするため、と考えられる。

図3－1　短歌・俳句を読み、詠むまでのプロセス

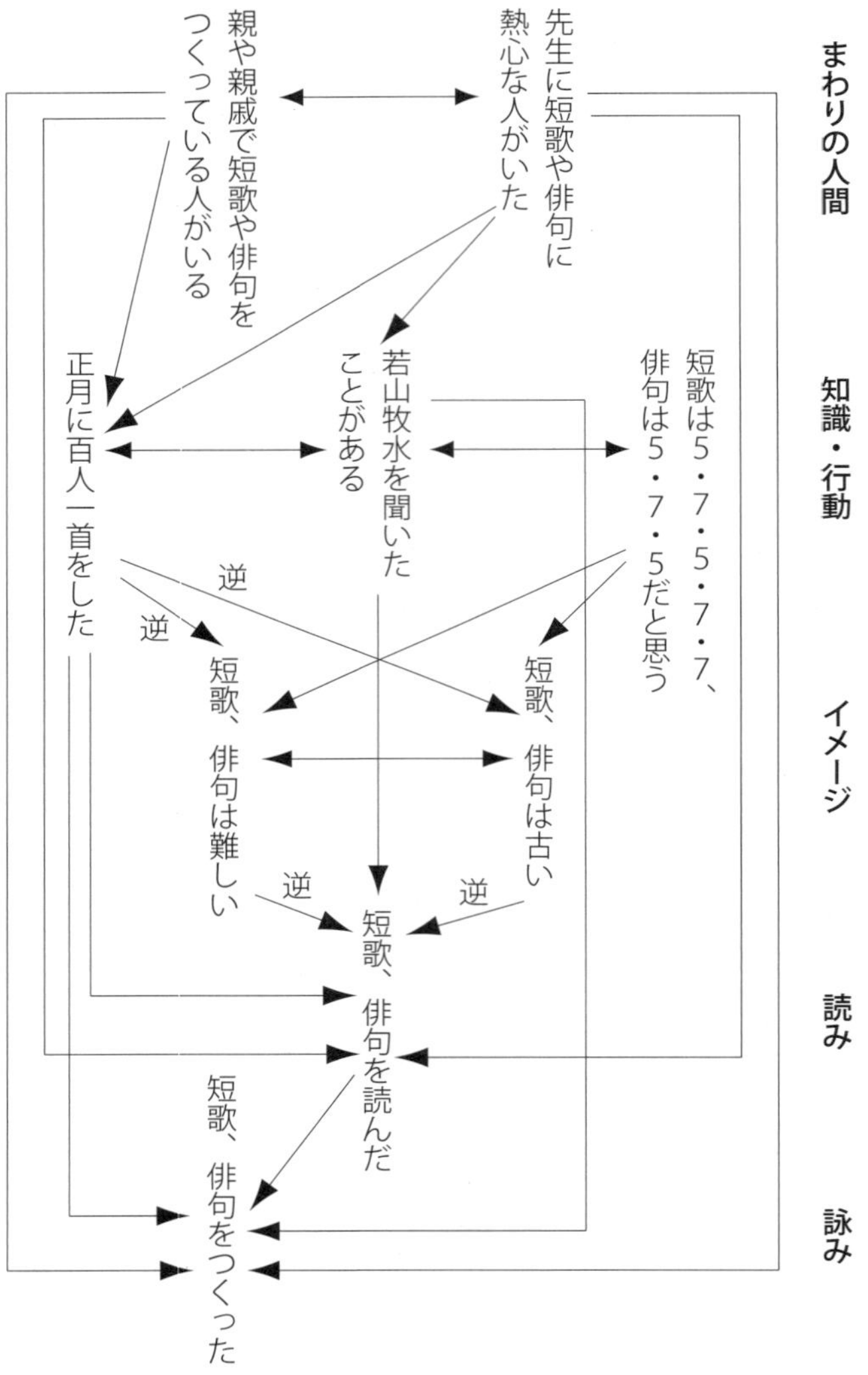

→は因果（相関）関係がある。また「逆」とは、百人一首をするほど、古い、難しいと思わない、などの逆の関係を示す。

そして「親や親戚で短歌や俳句をつくっている人がいる」ことは、「今年の正月に百人一首をした」、そして「短歌、俳句を読んだ」、「短歌、俳句をつくった」に直接の影響を与えていた。また「先生に熱心な人がいた」ことも、「牧水を聞いたことがある」、「百人一首をした」、そして「短歌、俳句を読んだ」、「つくった」に直接の影響を与えていた。

(二) 百人一首はさまざまなよい影響を与える

日常の知識・行動では、「短歌は5・7・5・7・7、俳句は5・7・5」と知っていることと「若山牧水を聞いたことがある」、そして「牧水を聞いたことがある」と「正月に百人一首をした」は相関していた。このように短歌・俳句に関する知識と行動は、関係があるようであった。ただし「短歌は5・7・5・7・7、俳句は5・7・5である」という教科書的な知識は、「短歌、俳句は古い」、「短歌、俳句は難しい」というマイナスイメージをむしろ増加させていた。

それに対して「牧水を聞いたことがある」は、「短歌、俳句を読んだ」、「短歌・俳句をつくった」に直接の影響を与えていた。

そして「百人一首をした」ことは、「短歌、俳句は古い」、「短歌、俳句は難しい」というマイナスイメージを減少させ、「短歌、俳句を読んだ」、「つくった」に直接影響を与えていた。

(三) 短歌・俳句に悪いイメージを持つと読まなくなる

短歌・俳句のイメージでは、「短歌、俳句は古い」、「短歌、俳句は難しい」と思う若者は、それらを読まない、という傾向があった。

(四) 読む人は詠むという関係

最後に短歌、俳句を読む若者は、やはりそれらを詠む（つくる）、という傾向があった。

(五) まとめ――身近な人間の重要性

このように若者が短歌・俳句を読み、詠むまでには、さまざまな要因が影響を与えていた。特に先生、親や親戚というまわりの身近な人間は、知識・行動、そして読みと詠みの双方に直接の影響を与えていた。これはやはり短歌・俳句のような短詩型でややとっつきにくい文学は、一人で自発的に読み、詠むことはなかなか難しく、身近な超血縁的な強い人間関係の影響が重要であることを示している、といえよう。

また百人一首をすることも短歌・俳句のイメージと読み、詠むことによい影響を与えていた。

このように若者を短歌・俳句の読み、詠みに誘うためには、無理のない範囲で身近な人間が自分の読み、詠む姿をみせたり、読み、詠むことを勧めたり、百人一首をさせたりすることが重要なようであった。

二節　短歌・俳句を読み、詠むことに影響を与えるもの

一　読むこと、書くことが好きな若者は短歌・俳句を読み、詠む

それでは次に若者のまわりにあるさまざまなものが、短歌・俳句を読み、詠むことにどのような影響を与えているのかを分析することにしたい。

まず一般に「話す」、「読む」、「書く」ことと短歌・俳句を読み、詠むことはどのような関係があるのだろうか？

若者に「話す」、「読む」、「書く」ことなどについてきくと、それは表3－2－（1）のようになる。表に示されるように「話すのが好き」（「とてもそう」＋「ややそう」）は約八割（七八・九％）、「読むのが好き」（同上）は約八・五割（八六・〇％）、そして「書くのが好き」（同上）は約五割（五一・三％）であった。このように若者の活字離れなどがいわれているが、読み、書くことが好きな若者もかなり多いようであった。

そしてこれらと短歌・俳句を読み、詠むこととの関係を調査してみると、「読む」、「書く」ことが好きな若者は短歌・俳句を読み、詠む傾向がみられた。このように何かを読み、書くことは、短

表3－2－（1）「話すこと」「読むこと」「書くこと」　（%）

		全体	男子		女子
人と話すのが好き	とてもそう	34.8	28.9	＜	41.0
	ややそう	44.1	46.1	＞	42.6
	あまりそうでない	18.5	22.1	＞	15.1
	ぜんぜんそうでない	2.1	3.0		1.3
本や雑誌（マンガを除く）を読むのが好き	とてもそう	52.8	46.0	＜	60.8
	ややそう	33.2	37.5	＞	29.6
	あまりそうでない	9.1	11.5		7.0
	ぜんぜんそうでない	3.8	4.9		2.7
ものを書くのが好き	とてもそう	19.3	15.3	＜	23.5
	ややそう	32.0	25.8	＜	38.5
	あまりそうでない	38.6	45.2	＞	32.4
	ぜんぜんそうでない	9.7	13.8	＞	5.6

歌・俳句を読み、詠むことにプラスの影響を与えているようであった。ただし話すことが好きなことは、短歌・俳句を読み、詠むことに特に関係がなかった。

それではこのように短歌・俳句を読み、詠むことに影響を与えるものについて、さらに具体的に分析していくことにしたい。

二　賀状、日記を書く若者は短歌・俳句を詠む

表3－2－（2）に示されるように、「今年の正月は年賀状をたくさん書いた」（「とてもそう」＋「ややそう」）は約三・五割（三

五・七％）、「日記をつけている」（同上）は約二割（二一・〇％）であった。

そしてこれらと短歌・俳句を読み、詠むこととの関係を調査してみると、賀状をたくさん書いた若者は短歌・俳句を読み、詠み、また日記をつけている若者は短歌・俳句を詠む傾向がみられた。

このように日常での書く行為は、短歌・俳句を読み、詠むことにプラスの影響を与えていた。なお「日本語はすてきな言葉だと思う」若者も、短歌・俳句を読み、詠む傾向がみられた。

三　マンガを描く若者は短歌・俳句を読み、詠む

若者文化の重要な一つであるマンガについては、「読むのが好き」（「とてもそう」＋「ややそう」）は約九割（八九・四％）にたっしており、「描くのが好き」も約一・五割（一六・五％）いた。

そしてこれらと短歌・俳句を読み、詠むこととの関係を調査すると、「マンガを読むのが好き」とは特に関係がなかったが、「描くのが好き」な若者は短歌・俳句を読み、そして詠む傾向がみられた。

このようにストーリーや絵を考えつつマンガを描くことは、短歌・俳句を読み、詠むことにプラスの影響を与えていた。

表3－2－（2）「話すこと」「読むこと」「書くこと」

（%）

		全体	男子		女子
今年の正月は年賀状をたくさん書いた	とてもそう	14.0	7.9	＜	20.3
	ややそう	21.7	14.9	＜	28.7
	あまりそうでない	31.8	30.5		33.5
	ぜんぜんそうでない	25.4	39.3	＞	12.0
	喪中だった	6.4	7.4		5.5
日記をつけている	とてもそう	8.3	3.9	＜	12.9
	ややそう	12.7	3.4	＜	22.2
	あまりそうでない	11.1	7.0	＜	15.4
	ぜんぜんそうでない	67.4	85.8	＞	49.6
日本語はすてきな言葉だと思う	とてもそう	28.2	28.7		28.2
	ややそう	43.4	41.4	＜	46.2
	あまりそうでない	22.6	23.4		22.3
	ぜんぜんそうでない	4.9	6.5		3.3
マンガを読むのが好き	とてもそう	62.0	61.5		63.6
	ややそう	27.4	29.5		25.9
	あまりそうでない	6.5	6.0		7.1
	ぜんぜんそうでない	3.2	3.1		3.4
マンガを描くのが好き	とてもそう	5.2	4.3		6.3
	ややそう	11.3	10.0		12.9
	あまりそうでない	18.9	19.8		18.3
	ぜんぜんそうでない	63.5	65.9		62.5

表3－3　若者言葉を使う若者

（%）

「―とか」、「―のほう」などのぼかしことば	90.9
「見れる」、「食べれる」などのら抜きことば	89.8
「―入っている」、「へこむ」などの若者ことば	88.4
「ムカつく」、「キレる」などの人を攻撃することば	87.6
「（イントネーションが上がる）すごくない？」などの半疑問のことば	83.1
「お待ちする」、「―いたします」などの敬語	86.1

四　文法に敏感で敬語を使う若者などは短歌・俳句を読み、詠む

さまざまな集団にはそれぞれ独自の言葉があることが多いが、若者にもさまざまな若者言葉がある。若者言葉は大人には異質のため非難されることが多いが、これを実際にどの程度使っているかを調査してみると、それは表3－3のようになる。

表にみられるようにさまざまな若者言葉は、実際に八―九割の若者が使っている。ただし敬語も、約八・五割（八六・一%）の若者が使っていた。

そしてこれらの若者言葉と短歌・俳句を読み、詠むこととの関係を調査すると、「ら抜きことば」を使わない若者ほど短歌・俳句を読む傾向があった。しかしまた「ぼかしことば」を使い、敬語を使う若者ほど短歌・俳句を詠む傾向があった。このような若者言葉と短歌・俳句との関係をまとめてみると、

一　文法に敏感で敬語を使う若者

二　ぼかし表現を好む若者

は短歌・俳句を読み、または詠むことに関係する、といえるだろう。

五　携帯を使っている若者ほど短歌・俳句を読み、詠む

今や若者の間に完全に浸透している携帯電話について調べてみると、この調査では高校生であることを反映してか、携帯を使い始めてから約一年三カ月たつ若者が最も多かった。そしてこれと短歌・俳句との関係を調査すると、携帯を長く使っている若者ほど短歌・俳句を読み、詠む傾向がみられた。また携帯を持って「いつでも、どこにいても連絡をしてもらえるので便利だと感じる」若者ほど、短歌・俳句を読み、詠む傾向がみられた。

このように携帯でさまざまな人とコミュニケーションをとることは、むしろ短歌・俳句を読み、詠むことを活性化させているようであった。

六　音楽を演奏する若者は、短歌・俳句を読み、詠む

次にやはり若者文化の重要な一つである音楽についてみてみよう。

図3―2にみられるように、若者の間で「家でCDなどを聴く」(「毎日のようにする」+「よくする」)が約八割(八〇・四%)、「カラオケに行く」(同上)が約二・五割(二三・六%)、「楽器を演奏する」(同上)が約二割(二一・五%)、そして「コンサートやライブに行く」(同上)が約〇・五割(四・八%)であった。このように若者の生活に音楽は、かなり浸透しているようであった。

そしてこれらと短歌・俳句を読み、詠むこととの関係を調査すると、「楽器を演奏する」若者ほ

ど、短歌・俳句を読み、詠む傾向がみられた。このように「楽器を演奏する」という積極的な行動は、短歌・俳句を読み、詠むことにプラスの影響を与えているようであった。

七　教養番組等を見るほど短歌・俳句を詠む

図3－3にみられるように、テレビの中で「教養・生活・情報番組や番組途中のコマーシャル」（「よく見る」＋「まあ見る」）は、約四割（三七・九％）の若者がみていた。これと短歌・俳句を読み、詠むこととの関係を調査すると、「教養・生活・情報番組やコマーシャル」をよく見る若者ほど短歌・俳句を詠む傾向がみられた。

図3－2　音楽行動

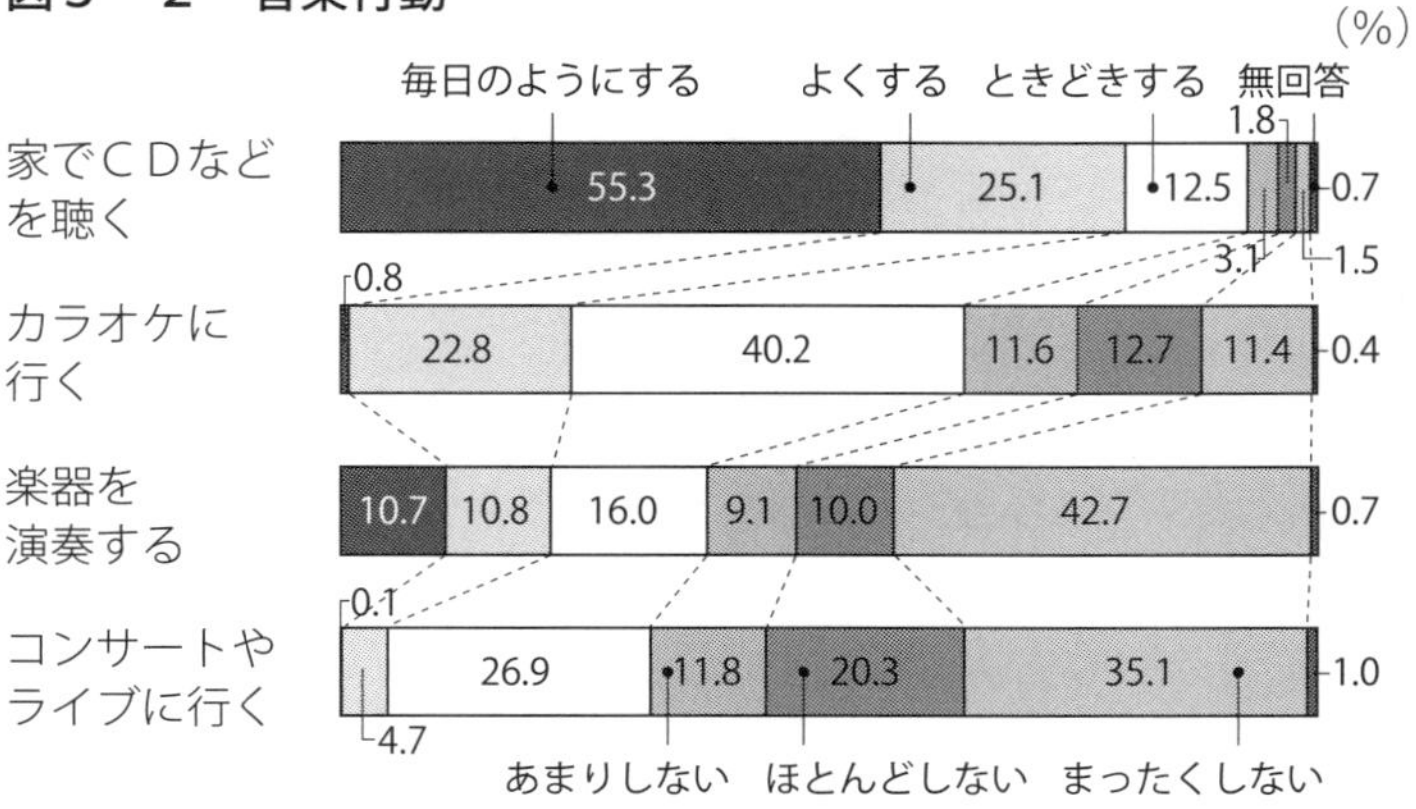

図3－3　テレビ番組

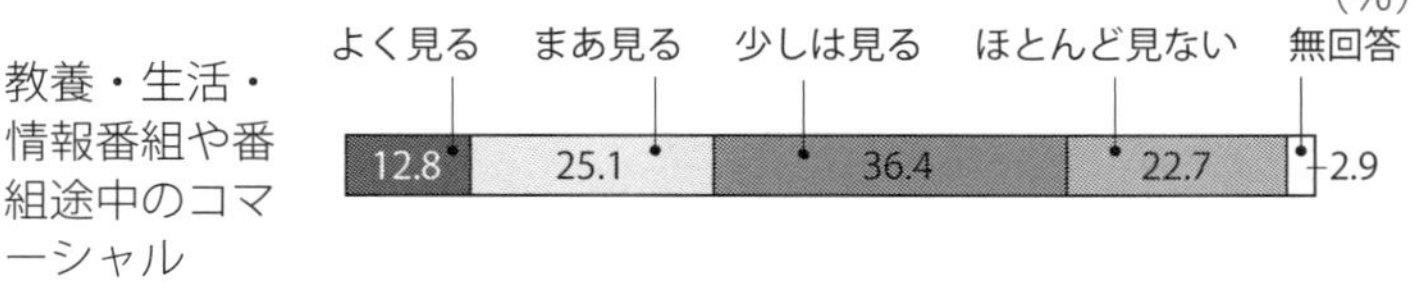

八　成績がよいほど短歌・俳句を読み、詠む

若者の家庭、学校と、短歌・俳句を読み、詠むこととの関係を調査することにしたい。

家庭については家に本があるほど、短歌・俳句を詠む傾向がみられた。P・ブルデューの、家族などによって伝達される文化資本（cultural capital）という概念があるが、このように本という文化資本があるほど短歌・俳句を詠む傾向がみられた。なお両親の学歴と、短歌・俳句を読み、詠むこととは特に関係がなかった。

次に学校との関係を調査すると、音楽の成績がよいほど短歌・俳句を読む傾向がみられた。そして、音楽、現代国語、古典、そして全教科の成績がよいほど短歌・俳句を詠む傾向がみられた。このように学校の成績がよいほど短歌・俳句を読み、詠む傾向がみられた。また六で楽器を演奏をしていると短歌・俳句を読み、詠む傾向をみたが、学校でも音楽系の部活をしていると短歌・俳句を詠む傾向がみられた。

なおアルバイトの有無、小遣いの金額と、短歌・俳句を読み、詠むこととは特に関係がなかった。

九　友だちを選択し、親しくない人は気にならない若者は短歌・俳句を読む

最後に若者にとって非常に重要である友人関係と、短歌・俳句を読み、詠むこととの関係を調査することにしたい。

彼・彼女らに「友だち」の人数をきいてみると、表３－４に示されるように「10人以上20人未満」が約一・五割（一七・〇％）で最も多かった。

そして友人関係と短歌・俳句を読み、詠むこととの関係を調査すると、友人の多さと短歌・俳句を読み、詠むこととは特に関係がなかった。しかし友人関係に関するいくつかの質問との関係を調査してみると、「どこに何をしに行くかによって、一緒に行く友だちを選ぶ」、そして「親しくない人が自分をどう思っているのか気にならない」若者ほど短歌・俳句を読む傾向があった。

このように友だちはいるが選択をし、親しくない人は特に気にならない若者が短歌・俳句を読む傾向があるようであった。

十　まとめ

（一）読む・書くことへの敏感さ

以上のように短歌・俳句を読み、詠むことへ影響を与えるものを分析した。これらをまとめてみると、一―四までに示されるよ

表３－４　友だちの人数

（％）

	全体	男子	女子
1．10 人未満	14.6	17.7	20.6
2．10 人以上 20 人未満	17.0	22.4	22.4
3．20 人以上 30 人未満	10.9	14.4	14.3
4．30 人以上 50 人未満	10.6	14.2	13.7
5．50 人以上 100 人未満	10.4	14.4	12.9
6．100 人以上	12.6	16.9	16.2

うに、短歌・俳句を読み、詠む若者の特徴として、マンガを描くことや文法への敏感さもふくめた、読む・書くことへの敏感さがあげられる。彼らは読むこと、書くことが好きであり、賀状、日記をよく書き、「日本語はすてきな言葉」と思っている。またマンガを描くことも好きであり、文法に敏感で敬語を使っているのである。

ここで若者の言語感覚について、表3－5に示される二つの文のうちどちらを選ぶか調査をおこなった。

1のA「せまい日本そんなに急いでどこへ行く」は交通標語だが、五（六）・七（八）・五の俳句と同じような文になっている。四章で考察するように、簡単に覚えてもらうため交通標語は、五・七・五になっているものが多い。そしてB「せまい日本そんなに急いでどこへ行くのだ」は、それをふつうの文になおしたものである。これらについてどちらが好きか選ばせると、Aが八割以上（八一・七％）になっており、五・七・五への支持が圧

表3－5　若者の言語感覚

（％）

		全体	男子	女子
1	A．せまい日本そんなに急いでどこへ行く	81.7	82.1 ＜	88.8
		∨		
	B．せまい日本そんなに急いでどこへ行くのだ	13.9	17.9 ＞	11.2
2	A．麦わら帽子のへこみ思い出の一つのようでそのままにしておく	37.1	44.1 ＞	33.6
		∧		
	B．思い出の一つのようでそのままにしておく麦わら帽子のへこみ	58.4	55.9 ＜	66.4

倒的に多い。そして特に女子にその傾向がみられた。

ところで1の文への好みは、交通標語で聞き慣れているから、ということも考えられる。そこで2では、俵万智『サラダ記念日』の五・七・五・七（八）・七の歌B〈思い出の一つのようでそのままにしておく麦わら帽子のへこみ〉と、それをことばの順を意味どおりに変えたA「麦わら帽子のへこみ思い出の一つのようでそのままにしておく」について選んでもらった。するとBの本歌の方の支持が約六割（五八・四％）と高かった。このように有名歌とはいえないこの歌についても、五・七・五・七・七の文が好まれ、特に女子にその傾向がみられた。

このように現代の若者は、女子を中心に五七五、そして五七五七七の韻文を好む志向がそれなりにあるようであった。

（二）さまざまな能動的行動が短歌・俳句を読み、詠むことを活性化

また五、六に示されたように、携帯を使い、音楽を演奏するという能動的行動は、短歌・俳句を読み、詠むことにプラスに働いていた。このように、マンガを描くこともふくめてさまざまな能動的行動は、短歌・俳句を読み、詠むことにマイナスにはならずむしろ活性化させる、という結果がみられた。

（三）優等生で、「自分」を持っている

また短歌・俳句を読み、詠む若者は、七、八で示されたように、教養番組等をみて、家に本が多く成績もよいという、どちらかというと優等生という傾向がみられた。

そして友だちはいるが選択をし、親しくない人は特に気にならないという、「自分」を持ち、友人関係に過度に依存しないという特徴もみられたのである。

注

（一）調査は二〇〇一年一—三月、東京（三校）、秋田（三校）の公立高校の一、二年生対象におこなった。そして一三五七人のサンプルをえた。調査の主体、および調査結果の詳細は以下のとおりである。高校教育研究会（代表・深谷昌志）「モノグラフ・高校生　電子メディアの中の高校生」ＶＯＬ．63、ベネッセ教育研究所、二〇〇一年。

（二）以下煩雑になるので数値などは示さないが、調査をして「(因果) 関係がある」、「影響を与える」、「傾向がある」などというときは、全て統計学の検定をおこない、九五パーセント以上の確率でそういえるもののみ記している。

四章　短歌・俳句・コピー

はじめに・狭くなった川

まずコピーの歴史をたどっていくと、たとえば大宝律令（七〇一年）にある標《ひょう》などは、現在の政府公報につながるような立て札であったらしい。その後酒屋、呉服屋の看板などに広告文が見られ、たとえば江戸時代に呉服屋の越後屋が「呉服物現金安売り、掛値なし」という広告を出し、〈ゑちごの謙信かけ値なしのいくさ〉という川柳も生まれたそうである。そして近代になると、新聞、ラジオなどを媒体にして、さまざまな広告が生活のすみずみへ浸透していった。やや余談となるが、戦時中の「空爆にキヤラメル持つて！」というキャラメルの広告なども、現在読むとむしろパロディとしておもしろい広告のように読むことができるような気がする。（だんだんパロディではすまなくなっていくような気もするが。）

そして戦後になると、商品に関するさまざまな技術がまだ未熟で社会が豊かでなかった時期は、「ナイロンの靴下に足が丸見え!!」（一九五二年）、「オリンピックをカラーで見たい　カラーで見せたい」（一九六四年）などの商品の機能を直接伝えようとする広告が見られた。しかし商品の技術的な優劣が簡単につけ難くなり、社会が豊かになるにつれて、商品のイメージ、付加価値を表現しようとする広告が広がっていった。その早い例としては「モーレツからビューティフルへ」（一九七〇年）がよくあげられるが、その後も

不思議、大好き。（一九八一年）

くうねるあそぶ。（一九八八年）

などの例が見られ、「キャッチフレーズ」などに対して「コピー」という言葉が一般化していった。そしてちょうどこの一九八〇年代の、高度情報社会、消費社会といわれるなかで、短歌の世界では俵万智を代表とするライト・ヴァースが生まれていった。この「明るい、かるい歌」は、

大きければいよいよ豊かなる気分東急ハンズの買物袋

俵　万智『サラダ記念日』一九八七年

にみられるように、それまでの「短歌的抒情」や思想的な難解さからは自由になっており、その

わかりやすさから多くの読者を生んだ。そしてこのような短歌などの変化と先にみたコピーの変化により、短歌・俳句などの短詩型文学とコピーの間の川は狭くなった、といえよう。

ただ川が狭くなったことを前提にした上で、短歌・俳句とコピーの間には本質的な違いがある。それは短歌・俳句は文学で、作者の表現が根本にあるのに対し、コピーの根本は広告であり、最終的には購買などの行動を起こさせる、という目的を持っていることである。たとえばコピーにはA[二]IDMAの法則というものがあり、Attention（注目）させ、Interest（興味）を持たせ、Desire（欲望）を喚起し、Memory（記憶）に残させ、Action（行動）を起こさせることが必要、とされている。

それではこのような違いを認識した上で、さまざまな側面から短歌・俳句とコピーの比較をおこなっていくことにしたい。なおコピーという言葉自体いくつかの定義があるようだが、ここでは短歌・俳句との比較という観点から広告の本文（いわゆるボディ・コピー）はふくまずに、広告の見出し（ヘッドライン）を中心に考えていくことにしたい。

一節　定型・喩・イメージなどの問題

一　コピーは定型が少ない

まず短歌の五七五七七の定型という基本的な特徴と比較してみると、コピーはそれより短いものが圧倒的に多い。これはやはりコピーの注目させ記憶に残させるという性格からすると三十一文字では長すぎるためで、コピー制作の[二]チェック事項として「長すぎないか」をあげている例もみられる。たとえば、

白さが違う、／という洗剤の／CMは／できればソニーで／見ていただきたい。

（／は引用者より、以下同様）

というカラーテレビのコピーなどは五七五七七に読めると思うが、非常に少数であった。
また俳句と比較してみても、五七五のコピーもかなり少ない。[三]七五調のコピーは類型化しやすいのでむしろそれを崩していこうとする志向があるといわれるが、これも短歌・俳句の定型のコピーが少ない理由であろう。ただし

とびだすな／車は急に／止まれない

せまい日本／そんなに急いで／どこへ行く

などの交通安全の標語のコピーには、基本的に五七五のものが多数ある。これは興味、欲望を喚起するというよりも、定型によってとにかく人々の記憶にとどめさせる機能を五七五が果たしているのではないかと思う。

二　コピーは換喩が多い

次に修辞法[四]をみると、コピーには、昔なつかしい「初恋の味、カルピス」という隠喩（メタファー）や、「アワまでうまい」という換喩（メトニミー）のビールのコピーなど、興味深い修辞がみられる。隠喩が両者の類似性に基づいた比喩なのに対し、換喩は酒と徳利《とっくり》のように両者の隣接性にもとづいた比喩である。たとえば酒を飲むことを徳利を傾けるという場合、などがその例である。そしてビールのコピーでは、アワが液体の換喩になっているわけである。またコピーには隠喩（一〇・九％）よりも換喩（三二・五％）の方が多いという研究がある。現在隠喩は多少増えているかもしれないが、短歌・俳句の場合は難しい隠喩でも最後に読者が納得すればよい隠喩といえるが、やはりコピーでは一読してわからないような隠喩は敬遠される、と思われる。

なおコピーでは他にも、例は少ないが「プール冷えてます」などの論理を超え文章の持つ同意性を無視した濫喩、バレンタインギフトの「えらばれ（ん）たい（ん）」などの地口《じぐち》（同音語などによるしゃれ）など、短歌・俳句への示唆も富む修辞が見られる。

三　記号、代名詞、イメージの問題

その他にいくつかの点で短歌・俳句とコピーを比較していくと、コピーに現代では使われない文語が全くといっていいほどみられないのは当然としても、戦後[五]、漢字が減少し、ひらがな、カタカナ、数字が増えている、という研究がある。これは短歌・俳句でも同様なのではないかと思う。た

だし記号を使ったコピーは、「！」をのぞけば非常に少ない。これはやはり、たとえば

▼▼▼▼▼最後ニ何カ▼▼▼▼▼▼▼▼▼▼▼▼▼▼▼▼▼ＢＯＭＢ！

荻原　裕幸「日本空爆1991」『あるまじろん』

という〈▼〉で爆弾の落下を表現した歌を戦争に対する意見広告のコピーにしようとしても、音として記憶に残したり、テレビ、ラジオで伝えたりするのが難しいため、と思われる。ただしコピーにも「もっと²」（＝もっともっと　引用者注）という例などがあるが、これはこのコピーを言うＫＹＯＮ²（＝キョンキョン）というアイドルとセットになって記憶に残る特殊な例なのであろう。

次に人称に着目してみると、コピー（六）では代名詞自体が戦前はほとんどみられないが、一九六〇年代から特に二人称が増加する、という研究がある。また二人称で多いのは「あなた」だそうである。おそらく短歌・俳句の二人称で、最も多いのは「君」だろう。これは「あなた」だと一字多くなるのと、コピーではその方がいいのだろうが、短歌・俳句では語感がソフトすぎるためではないか、と思う。

また同じ代名詞でも短歌・俳句とコピーではその関係が変わる場合がある。たとえば

君と食む三百円のあなごずしそのおいしさを恋とこそ知れ　俵　万智『サラダ記念日』

水音のする方に君合歓の花　神野　紗希『星の地図』

という短歌・俳句を読むとき、われわれは当然〈君〉を作者とあなごずしを食べたり、水音のする方にいる第三者（作者の恋人）として読む。しかしもしこれがコピーなら、〈君〉は作者が呼び掛けてくるわれわれ自身となるのである。これはやはり物語を内蔵する文学としての短歌・俳句と、直接読み手に働きかけてくるコピーとの本質的な差のため、と思われる。

最後にコピーは最終的に購買などの行動をとらせるため、その商品にわるいイメージを持たせたり、公序良俗に反するものは受け入れないところがある。また法や自主規制等による規制もある。もちろん短歌・俳句もそれらから全く自由ということではないが、コピーと比較すると世界のさまざまな部分を表現できる可能性はある。

うずたかく盛られ売らるる桜海老ひとつひとつに黒き目のある　渡部　光一郎『葛の葉』

キャンディを谷に落とせば虹の種　塩見　恵介『虹の種』

たとえばこれらの作品をみると、渡部の短歌はうずたかく盛られた〈桜海老〉の桜色と〈黒き目〉の固まりに不思議な美を見るという、歌としては良い歌だと思う。ただ購買の行動を起こさせるコピーとは本質的に発想が異なる、ということができるだろう。

また塩見の俳句も、キャンディを谷に落とせばそれが〈虹の種〉になるという想像力に満ちた良い句であり、キャンディのイメージも決して悪くない。ただコピーとしてみると、〈キャンディを谷に落とせば――〉とはなかなか言いにくい、と思うのである。

おわりに・川を漕ぐべし

以上のように短歌・俳句とコピーの比較をおこなったが、相違点はあるものの最初にのべたようにその間の川は狭まっている。たとえば俳句を元にしたコピーは「目に青葉　山ほととぎす　冷蔵庫」などがある。またコピーを元にした短歌は、

カネボウもリストラをする世となりぬ〃ｆｏｒ　ｂｅａｕｔｉｆｕｌ　ｈｕｍａｎ　ｌｉｆｅ〃

寒川　猫持『猫とみれんと』

などがみられる。この短歌はコピーを元にしつつ、一企業を対象にしているのではなく社会全体

の変遷を風刺した歌になっている、といえよう。

確かにある年度の日本の総広告費が約五兆七六〇〇億円！というのを聞くとどういう世界かと思うばかりだが、コピーをつくることに(七)いきづまって自殺者が出たり、サラ金や原発のコピーを引き受けるか悩んだりするなど、商品として言葉を生み出すこと特有の厳しさも存在するようである。また短歌・俳句がコピーの修辞を応用していくことだけでなく（その場合は、韻律にどのようにのせていくかが鍵となろう）、特に連作や歌集・句集の題の付け方、慶事の作品、ある土地を詠む作品、さらに依頼されて校歌をつくることなどはコピーと関連している、といえよう。

現在はさまざまなカルチャーがタコツボ化し、棲み分けている傾向が強い。しかし同じ短い言葉から生み出されていく短歌・俳句とコピーの間だけでも狭くなった川を漕いでいけば、双方にとって有益なところは必ずある、と思うのである。

注および引用文献

（一）植条則夫『広告コピー概論』宣伝会議、一九九三年、六三―七〇ページ。

（二）同上、八九ページ。

（三）八巻・山田『ことば・アド・日本人』学生社、一九八三年、一八三―一九八ページ。ただし七五調からむしろクリエイティブなコピーを生み出したいという考えもある。
（四）同上、一九八―二六九ページ。
（五）野本菊雄『広告に見る時代のことば大研究』宣伝会議、一九八三年、一三九―一五四ページ。
（六）同上、八七―九一ページ。
（七）中尾君江『あるコピーライターの告白』宣伝会議、一九八八年。

参考文献

深川英雄『キャッチフレーズの戦後史』岩波書店、一九九一年。
高桑末秀『広告の世界史』日経新聞社、一九九四年。
『秀作ネーミング事典』日本実業出版社、一九九六年。
町田忍『戦時広告図鑑』ＷＡＶＥ出版、一九九七年。
電通コーポレートコミュニケーション局企業文化部編集『電通広告年鑑』。

五章　歌会・句会の社会学

一節　歌会・句会とは何か

一　一首出し、コピーが配られる歌会

たとえばあなたが、思い立って短歌・俳句をつくったとする。すると自分の作品をしみじみと見つめ、とにかく短歌・俳句（らしきもの）をつくったという充実感、しかしとんでもない駄作なのではないかという不安感、いや案外名作なのではないかという高揚感などを感じるのではないかと思う。

さて不安と高揚感を抱きつつも作品をつくった人は、次にどうするだろうか？　まあノートに書いてしまっておく奥ゆかしい人もいるだろうが、作品の批評と上達を願って、新聞や雑誌、コンクール、結社誌などに投歌・投句をして選を受ける、ということが考えられる。そしてもう一つがカルチャーセンター、結社などの歌会・句会へ出かける、ということが考えられるのである。

さて歌会（「かかい」「うたかい」と呼ばれる）は、「[一]自作の短歌作品をもちよって、互いに鑑賞や批評をおこなう場」と定義される。そして歌会の形態を短歌結社「塔」の「[二]全国結社歌会アンケート」からみると、その方法は、一人一首（六二・七％）、無記名（七〇・八％）で歌を出し、あらかじめプリント（コピー）された（七八・九％）歌を、前もって決められた数だけ投票（選歌）をし（五三・五％）、順番（二九・七％）や司会の指名（二四・九％）で批評をおこない、最後に中心メンバーがまとめる（八八・一％）という形態が多い。また歌会の長さは平均三・六時間、参加人数は平均二九・九人で、一首にかける平均時間は六・九分、一首に発言する人数は平均四・八人であった。

二　数句出し、清記、披講をおこなう句会

また句会は「[三]複数の人が自作の俳句を提出し、互選によって評価しあったり、指導者の選を受けたりする集まり」と定義される。そしてやはり無記名で俳句を出し、批評をおこなう。ただし句会では席題（その席上で出された題）が出される場合もふくめて数句を出す場合が多く（投句）、それを全員へランダムに分け各々が割り当てられた句を清記用紙に書く（清記）――清記用紙を全員で回して回覧し、前もって決められた数だけ選句をし、各々が選句した作品を選句用紙に書き込む（選句）――選句用紙を集めて誰がどの作品を選句したかを発表する（披講《ひこう》）――主に中心メンバーが批評をおこなう、というプ[四]ロセスが多いようである。

三　歌会・句会の異同の歴史

[五]坪内稔典によれば、明治の正岡子規の歌会と句会はほぼ同じ形態でおこなわれていたようである。また[六]加藤孝男によれば明治三一年の第一回の子規庵での歌会は子規と俳人七名によっておこなわれ、十の席題のうち六つが季語であった。そして袋の上に題を一つずつ記して順番に回し、作った句をその中へ入れ清書した後に互選するという方法でおこなわれている。また即興性を重視し、線香一本に題を一つ決め、それが燃え尽きるまで十首詠むという歌会もおこなわれた。その他に、事前につくった歌と席題一首を清書し、選者一人が三首を選ぶ旧派の歌会の例、出席者の題詠の作品を一括して清書し、それを回覧して選歌し、選が終わると出席者の一人が披講し、披講された歌の作者が名乗り、論評したという観潮楼歌会の例などがみられる。

このように当時の歌会は、現在の句会と似た形態でおこなわれていたようである。これがどのように現在の歌会・句会のようになっていったかは興味深い問題である。仮説としては会の場での清書（記）、回覧が句会では残り、それに対して「動き」のある短歌ではコピーなどの普及とともに歌会の場での清書、回覧はなくなっていった、ということが[七]考えられる。

なお歌会・句会に参加した経験からいうと、批評には「(言葉と言葉が) つきすぎ」、「イメージが湧かない」など、類似した言葉が使われている。ただ一つの作品にかける時間[八]は歌会の方が長く、また批評する場合、批評する者の人生経験など[九]私性が出やすい傾向がある。したがって一つの会に出す作品数は、歌会の方が少なくなるわけである。

二節　歌会・句会の可能性と必要性

一　短詩型文学が可能とする歌会・句会

ところでもしあなたが、短歌・俳句ではなく小説や音楽などをつくったとしたらどうだろうか？やはり批評と上達を願って、コンクールなどに作品を送って選を受ける、ということをする場合はあるだろう。しかし歌会・句会のように、作品を出し合って相互に批評する会には行かないだろう——というかそのような小説会（？）、音楽会（？）などは、少人数の研究会などをのぞけば基本的に他ジャンルにはないのである。これは何故だろうか？

それは短歌・俳句が短詩型文学だから、であろう。このあまりにも基本的な、しかし決定的な性格により、数十人が一堂に会し、数時間で作品の批評をする会＝歌会・句会が可能となるのである。

二　短詩型文学が必要とする歌会・句会

ところで短歌・俳句はその短詩型文学という性格から、歌会・句会を必要とする点もあると思う。この問題について、永田和宏は（一〇）「短歌はおそらく自分の作品がもっともわからない詩形式ではないか」と問題提起をし、「作品を発表するときに、他者の目をいったんくぐらせることの意味は大きいと思っている。」としている。また「歌はある期間、自分で作ってみないとその作品のおもしろさ、よさというものはわかってこない」ので、「純粋読者という存在を持ち得ない短歌俳句という詩型が、読者を確保するために作者を抱えこまなければならないという二重性」が存在する、としている。

つまり小説や音楽などはある程度の長さがあるので、思い込みはあるにせよ、作品の善し悪しはある程度作者にも理解することができる。またある程度の数の鑑賞者がいるので、他者の批評をえたい場合には雑誌などに掲載したりライブをおこなったりすることによって、他者の反応を得ることができる。しかし短詩型文学である短歌・俳句は作者による作品理解も、多くの鑑賞者による批評も困難なので、読者＝作者が一堂に会して相互批評をおこなう歌会・句会が必要になる、というわけである。実際に歌会・句会へ出て、作品に対する自分の思いと他者の読みとの落差に驚いたことは多くの歌人・俳人が経験したところであろう。また自分のまわりに短歌・俳句の作者、読者がほとんどいないことも、多くの歌人・俳人が経験しているところである。

なおたとえば俵万智のように多くの読者≠作者を獲得した作者もいないわけではないが、俵の読者が短歌の世界にとどまって他の歌人の読者にもなったわけではない。なおこのような歌会・句会の問題点としては、メンバーがなかなか多くならないので同じメンバーで固定化して高齢化したり、互いのプライバシーを知ってそこから作品を読んでしまったりする傾向がみられることであろう。

なお良い点としては、読者＝作者なので「自分だったらこのように詠む」などの、同じ作者どうしとしての緊張感が生まれることであろう。

三節　歌会・句会の問題点とその未来

一　自由な座としての機能の回復を

そして現在の歌会・句会は構造的に、結社やカルチャーセンターなどのタテの教育的機能のなかで発達し、さまざまな人がお互いに作品を批評し合う、ヨコの自由な座の機能が弱くなっていることが問題といえよう。もちろん短歌・俳句を「教え—学ぶ」場としての歌会・句会は重要であり、また結社の歌会・句会も無記名でおこなわれ、なかでの議論は特に制約なくおこなわれていると思う。しかしやはり歌会・句会ごとの中心メンバーや結社の主宰などが互いに作品を出しあった歌会・句会などで、自由に作品を批評し合う機会がもっとあっても良い、と思うのである。たとえば最近の超結社の歌会の例としては、へるめす歌会[一二]、BS放送での歌会などをあげることができる。

短歌・俳句にはどうしても私性の問題があり、雑誌や歌集・句集に掲載された作品は、作者の名前とともに読まれる傾向がある。その点歌会・句会は匿名が原則であり、作者と批評者が同じ場で初出の生ものとしての作品を批評し合う臨場感と緊張感がある。またたとえばさまざまな結社の中心メンバーなどが参加して一定のレベルが期待できる会では、良いと思う作品と悪いと思う作品に票を入れる正逆の歌会・句会などもおもしろいのではないかと思う。

　また前述した観潮楼歌会では、佐佐木信綱などの歌人はもとより、森鷗外、上田敏なども参加している。社会が「発達」しても一人の人間の情報受信容量には限界があるので、情報化社会になるとかえって重要ではない情報まで受信してしまい、さまざまなジャンルがタコツボ化していくのは短歌や俳句の問題だけではない。しかしそれならばむしろ歌会・句会というミクロな場から、そのような文化の現状（いわゆる「オタク」化）を解体していくようなさまざまなジャンルの人々が参加する自由な座ができないか、と思うのである。

二　インターネットというツールの使い方

　また歌会・句会の未来に関係するものとして、インターネット（以下、ネットと略）を考えることができる。むろんネットは他のメディアと同様に、その使い方によってメリットとデメリットがある。また人間関係の基本はあくまでも対面的（face-to-face）な関係であり、特に歌会・句会のように作品に関する微妙なニュアンスを伝えあう場では、相手の声や表情なども感受できる対面的な関係がもっとも望ましいと思う。

　ただそのような限界を知った上でなら、なかなか一堂に集まりがたい人々の歌会・句会を可能にするツールとして、ネットを考えることができるだろう。たとえば技術的には全国民が参加する歌会・句会も可能であるので、どこかの結社や雑誌などが企画をして、さまざまな人々が同時に参加する歌会・句会をつくることもおもしろいと思う。なおネット歌会の経験からいえば、地方で近くに歌会がない人、外国に住んでいる人、そして最近は親の介護等で自由に外出しがたい人などが熱心に参加しているようである。

歌会・句会の歴史をさかのぼっていくと、句会は江戸時代までさかのぼれる。複数の参加者が共同して一つの作品をつくる連句、左右に分かれて句の優劣を競う句会（句合《くあわせ》、発句合）、その場で句を詠み選をする運座《うんざ》という句会などの記録がある。

また史上初の歌会は、『万葉集』巻五にある七三〇年の太宰府の大伴旅人邸での梅花の宴である。その後歌会は宮中を中心に発達し、歌人を左右に分けてその歌の優劣を競う歌合《うたあわせ》や、平安末期には宮中から離れて身分に関係なくおこなわれた歌林苑の歌会などがおこなわれるようになった。

その大伴旅人邸での最初の歌会は、

（一二）「天を衣笠にし、地を座席とし、膝を近づけ盃をとりかはす。一室に坐しては恍惚として言葉を忘れ、煙霞の彼方を眺めやってお互の胸襟を開く。（中略）いにしへにも梅花散る詩篇がある。昔も今も何の違ひがあらうぞ。吾々もよろしくこの園の梅を詠じていささか短歌を成すべきである。」

とある。このような魅力的な会に出会いたいものである。

注および引用文献

（一）『現代短歌大事典』三省堂、二〇〇四年。ただし句会もそうだが作品をもちよるにあたっては、その場でつくる場合と事前につくっておく場合とがある。また鑑賞や批評についても、理解し味わう鑑賞に力点を置く場合と、評価し論じる批評に力点を置く場合とがある。現在もその場で歌を詠み鑑賞に力点を置く吟行会はあるが、事前につくって批評しあう歌会が主流のようである。なお歌会始《うたかいはじめ》は、皇族や選者などの作品と、事前に選を受けた作品がもちよられる特殊な形態になっている。

（二）「全国結社歌会アンケート」「塔」一九九三年十一月号。（二八五結社対象、有効回答率六四・九％）

（三）『現代俳句大事典』三省堂、二〇〇五年。

（四）『現代俳句大事典』、および櫂未知子「句会の進め方」「心の花」二〇〇二年五月号。

（五）坪内稔典「歌会と句会」「塔」一九九三年十月号。

（六）加藤孝男「歌会から雑誌へ」『美意識の変容』雁書館、一九九三年。

（七）なお無遠慮な私はかつてある俳人に、最初からコピー等をして清記、回覧のプロセスを省けばずいぶん時間の短縮になるのではないか、とたずねたことがあった。その時の答えは、相撲の仕切りと同じで、清記などのプロセスをへることによって句会への気持ちが高まっていく、ということであった。

（八）歌集、句集を出版した場合も、歌集はほとんど批評の会がおこなわれるが、句集はほとんどおこなわれない、という傾向があるようである。坪内稔典・三宅やよい・穂村弘「短詩型の自己実現」「俳句研究」二〇〇四年七月号、一一五―一一八ページ。

（九）これに対してたとえば上田五千石は、俳句は〝われ〟を抑えてしまう詩型、とのべている。「俳句」一九九六年六月号。

（一〇）永田和宏「短詩型における結社の意味」「現代短歌雁」二七、雁書館、一九九三年七月。なお厳密には最初の文は選歌、次の文は結社について語っているが、歌会についても同じようにあてはまると考え引用をした。

（一一）小林恭二『短歌パラダイス―歌合二十四番勝負』岩波新書、一九九七年。

（一二）澤瀉久孝『萬葉集注釈　巻第五』中央公論社、一九五九年、九九ページ。

参考文献

「句会のよろこび連衆とのよろこび」「俳句」一九八四年二月号。
古舘曹人『句会入門』角川選書、一九八九年。
「歌会論総集編」「塔」一九九三年十一月。
「歌会を生かす」「短歌研究」一九九四年二月号。
「特集　歌会の現場」「短歌往来」一九九六年十一月号。
「特集　歌会の魅力」「歌壇」二〇〇〇年一月号。
「大特集　結社と句会の功罪」「俳句」二〇〇四年九月号。
「特集＝歌会の現在」「歌壇」二〇〇五年四月号。

六章　塚本邦雄の憎悪する私・再帰しない私――その短歌と俳句から

はじめに・塚本の死を前に

戦後の短歌をリードしてきた歌人・塚本邦雄が二〇〇五年六月九日に亡くなった。すでに追悼号などが組まれ多くが語られつつあるが、それぞれの歌人が塚本邦雄についてどのように考えていくかは、避けてとおれない問題だろう。ここでは塚本邦雄論の中でこれまであまり触れられてこなかった憎悪の対象としての家族、再帰しない私という問題について、短歌だけでなく俳句も対象にして（一）考察していくことにしたい。

一節　憎悪の対象としての世界

一　憎悪の対象としての日本・戦争

塚本邦雄が、さまざまな対象に対する憎悪をうたい続けたことはよく知られている。それは何よりもまず、彼が生きている日本への憎悪、そして天皇、戦争などへと向けられていった。例えば塚本の代表作である

日本脱出したし　皇帝ペンギンも皇帝ペンギン飼育係りも

第三歌集『日本人霊歌』一九五八年

は天皇を〈皇帝ペンギン〉、日本人を〈皇帝ペンギン飼育係り〉にたとえ、それらがともに〈日本脱出したし〉と揶揄したものである。そして塚本の日本、天皇をうたった歌についてはこれまでも多く論じられてきたので、ここでは塚本の戦争詠に着目していくことにしたい。

六日　水曜　先勝　三隣亡　原爆忌

八月六日すでにはるけし灰色に水蜜桃のはげおつる果皮

　十六日　土曜　大安　京都今熊野観音寺施餓鬼

女人は海鞘《ほや》をきざみつつあり敗戦忌四十《よそ》たびめぐるわれの敗戦

　十七日　日曜　赤口　近江建部神社夏祭

茄子の花の紫紺にむかふ十七日にくしみなんでふ薄るべきや

　二十日　水曜　先負　旧七月十五日　盂蘭盆　満月

国よりさきにこころやぶれてゐたりけり銅の盥のなかの満月

「丙寅五黄土星八月暦」第十六歌集『不變律』一九八八年

　この一連は題にあるように、八月の日々をうたったものである。一首目は「原爆忌」の八月六日にうたわれており、したがって三句以下の〈灰色に水蜜桃のはげおつる果皮〉は、被爆によって皮膚がはげ落ちた人間の喩として読むことができる。二首目は、終戦記念日の翌日に、〈女人は海鞘《ほや》をきざみつつあり〉という暗い行為が、〈四十《よそ》たびめぐるわれの敗戦〉の喩としてもちいられている。またこの歌では〈敗戦〉が二回使われているが、塚本は一般に使われている「終戦」に対して「敗戦」を意識的に使っている。そして「終戦」という中立的な言葉に対して「敗戦」は日本が負けたという当事者意識を喚起し、さらに「終戦」の何かがおさまっていくような語感にたいして不全感を残すと思う。

そして三首目の、八月十七日の〈にくしみなんでふ薄るべきや〉と自問する憎悪は、やはり終戦記念日から二日過ぎても薄れることのない、戦争に対する憎しみであろう。その強さが〈茄子の花の紫紺にむかふ〉という濃い紫色によく比喩されている。そして四首目では八月二十日にも当時を回想し、〈国よりさきにこころやぶれてゐたりけり〉とうたっているのである。

また第二十一歌集でも「神州必滅」と題し、戦争についてうたっている。

徴兵令発すとならばみづからに先づ発すべし　腐《くだ》つ桜桃《あうたう》

毛蟲びつしりひしめく夏至の山櫻　神州必滅をことほがむ

「神州必滅」第二十一歌集『風雅黙示録』一九九六年

一首目では、〈徴兵令発すとならばみづからに先づ発すべし〉と揶揄し、そのような世界全体の喩として結句の〈腐《くだ》つ（腐った）桜桃《あうたう》〉があると思う。そして二首目は、〈毛蟲びつしりひしめく夏至の山櫻〉が〈神州〉の喩となっており、結句でその必滅を言祝《ことほ》がむ、とうたっているのである。

このように塚本は、戦争への憎悪を歌い続けている。

二　憎悪の対象としての家族

そしてまた塚本は、人間のもっとも基本的な単位である家族[二]への憎悪もうたい続けている。

父母金婚の日は近みつつ食鹽のつぼにかわきし食鹽あふる
「聖金曜日」第二歌集『装飾楽句《カデンツァ》』一九五六年

蛆はかがやく金蠅となりわが家出づ未だ抱卵のかたち父、母
「弑逆旅館《パリサイド・ホテル》」第四歌集『水銀伝説』一九六一年

苺くふわれら目つむり目のなかにまざまざと舐《ねぶ》りあふ獅子家族

一首目は〈食鹽《しょくえん》〉という家族の食事にとって基本的なものをうたいながら、〈かわきし食鹽〉ということで、白く、からく、乾いたイメージを、近づきつつある〈父母金婚の日〉へ与えている。さらに結語の〈あふる〉で、その非日常的なイメージを強めている。またこの乾いた塩を家族の喩とするモチーフは、たとえば〈夏こそ死への扉のうちに岩塩のにほひしてわがうからは眠る〉（「黄色自治領」「極」一九六〇年）などにもみられる。

二首目は強烈である。〈未だ抱卵のかたち父、母〉とうたいながら、家族からは結局〈かがやく金蠅〉しか生まれない、ということをうたっていると思う。

三首目は結句の〈舐《ねぶ》りあふ獅子家族〉が、一読すると獅子の家族が愛情を込めて身体を舐め合っていることを想像しているようにも読める。しかしそれまでの〈われら〉が苺を食べ目をつむってしまうという設定、さらにわざわざ〈獅子家族〉と称していることにより、相手を噛み潰してしまうことを暗示している、と読むことができる。苺を噛み潰してしまう相手の眼球の喩と読むことも可能だろう。なおこのような互いに殺し合っていく家族というモチーフは、〈ともぐひのごとく相寄る藝術家一家に煮つまれる苺ジャム〉（第三歌集『日本人霊歌』一九五八年）、〈核家族　今日のみならぬ寒食《かんじき》にしろがねの肉叉《フォーク》さしかはすなり〉（第二十三歌集『詩魂玲瓏』一九九八年）などにもみることができる。

そして『水銀伝説』の跋《ばつ》では、「弑逆旅館《パリサイド・ホテル》」について、「ぼくはここで父母を弑し、生誕を嘲り、婚姻を呪ひ、すべて人間の晴朗な繁殖の源に執拗な糾問を試みる。」と記している。

また塚本には、母、妻、子、親族などをうたった歌がみられるが、特に父をうたった歌に、きびしい視線でうたった歌が多くみられた。

われよりながくきたなく生きむ太陽に禮《ゐや》する父と反芻《にれが》む牝牛

「日本民謡集」第三歌集『日本人霊歌』一九五八年

あふむけに夜のプールを游ぎゐる父、わがうちに苦きもの満ち

「死者の死」同右

父は漁色の頸あからひく　一夏《ひとなつ》を砂糖断ちそのまなこ澄みたり

「火宅搖籃歌」第九歌集『青き菊の主題』一九七三年

汝《なれ》こそ死ねと言ひ放ちたる父のこゑ紺青の薔薇香に立ちにけり

「Ⅱ　白秋を超ゆる」間奏歌集『花劇』一九八五年

一首目は、〈われよりながくきたなく生きむ〉ものの例として、〈反芻《にれが》む牝牛〉とともに父が詠まれている。二首目は、〈あふむけに夜のプールを游《およ》ぎゐる父〉というだらしない姿として詠まれた父が、プールいっぱいの水とともに〈わがうちに苦きもの滿ち〉へつながっていると思う。そして三首目で、父は漁色（女を漁り、弄ぶこと）の者として詠まれている。このように父はしばしば特異な性欲を持つ者として詠まれており、たとえば『日本人霊歌』には〈父はひそかに聖母の白き足愛しそのつぐなひのわが巨き足〉という歌があり、さらに〈若き父、幼女を騎《の》せてあへぎゐる子供部屋　寒雷の香りが〉（第二十一歌集『風雅黙示録』一九九六年）という歌も、そのような文脈で読むことが可能であろう。そして四首目は上の句の〈汝《なれ》こそ死ね〉という重い内容の父の声を、下の句の〈紺青の薔薇〉が重く、いろづけている。

なお塚本には恋人を詠んだ歌は〈朱の硯洗はむとして息を呑む戀人よみごもりつつあるか〉（第十五歌集『詩歌變』一九八六年）などがあるが、いわゆる相聞歌はほとんどない。

このように日本などの大状況、家族などの小状況への憎悪、そして世界の全てへの憎悪が塚本短歌の大きな特徴、といえるだろう。なおその背景としての戦争体験については、三節－二で考察していくことにしたい。

二節　間奏歌集と俳句の作品

一　間奏歌集の作品

それではここで、これまであまり触れられることがなかった間奏歌集（第〇歌集とはされていない歌集）に着目してみることにしたい。間奏歌集にも次のような秀歌がみられる。

何こころざすこころざし一歩づつ近づいて夕虹を見にゆく
「汨羅變」間奏歌集『玲瓏』一九八八年

今生のおもひならねどしづくする夜のパレルモの生牡蠣の山
「イタリア」間奏歌集『ラテン吟遊』一九八九年

一首目は、まず「何（を）志《こころざ》す 志《こころざし》、一歩づつ近づいて夕虹を見にゆく」と読める。しかしまた句切れをもとに読めば、「何（の）心？／ざす　志《こころざし》／一歩づつ／近づいて言う／虹を見にゆく」と読むことができる。そして「夕虹を見にゆく」よりもこちらの方が、志《こころざし》を表現するのにふさわしいのではないかと思う。また二首目は欧州旅行を動機としている。そして〈しづくする夜のパレルモ（南イタリアの都市）の生牡蠣の山〉が、〈今生のおもひならねど〉という旅行のきらめきと寂しさをよく表現していると思う。

二　俳句の作品

それでは次に俳句に着目してみることにしたい。塚本は俳句にも強い関心を示し、句集も数冊出している。前節でみた家族を詠んだ俳句もあり、ここでは自身が父親になることを詠んだ俳句をとりあげてみよう。

薔薇の芽のあやふく父となりにけり　『断絃のための七十句』一九七三年
父となる夜やさかのぼる春の潮
獨活にがしふたたび妻のみごもらば

一句目、初句の〈薔薇の芽〉という喩が〈あやふく父となりにけり〉へ見事に芽吹いている。二句目の夜の〈さかのぼる春の潮〉は、〈父となる〉ことへの大いなる不安を表現していると思う。そして三句目も、もし再び妻が身ごもる＝自身が父となることがあれば起きる苦い思いを、〈獨活《うど》にが（苦）し〉によってあらわしている。

また次のような秀句もある。

晩涼の鮑きらめくわかれかな　『断絃のための七十句』一九七三年

説教の唾きららなし最澄忌　「夏季」『燦爛』一九八五年

蘭鑄やよその朝火事うつくしき　「冬季」同右

一句目の〈晩涼〉は夏の季語、〈鮑《あわび》〉は春の季語だが、この場合〈晩涼〉の夏の方が季節をあらわす言葉としてよい、と思う。そして〈鮑《あわび》きらめくわかれ〉に艶、そして寂しさを感じることができる。二句目の最澄は日本天台宗の祖。その説教の〈唾きららなし〉に着目しているところが塚本らしい。三句目も塚本らしい作品、〈蘭鑄《らんちゅう》〉は腹部が膨らみ背鰭がなく、頭部に肉瘤が発達したあの金魚である。これはやはり朝火事で焼かれた人間の喩であろう。〈よそ（他所）の朝火事うつくしき〉が凄まじい。

三　俳句からの影響

ところで塚本は単に俳句をつくっていただけでなく、そこからさまざまな影響を受けている。たとえば俳句について、

[三]「抒情性を即物性に替えた、この十七音という制約以外に囚われぬ乾燥した短詩は、抒情の沼地である短歌の排水工事の可能性も暗示しているようだ。快いリズムに代つて強烈な『屈折』を内包して享受者にそれを感じさせるというところに、短詩一般の蘇生のキイ・ポイントがかすかに交叉していはしないか。（中略）僕は朗詠の対象になる短歌はつくりたくない。結果的には語割れ、句跨りの濫用になつても些かも構うことは無い。」

といい、俳句の切れなどの「屈折」を、五七五七七の韻律に対して導入していくことを示唆している。一節で引用した代表歌も韻律どおりに読めば

日本脱出／したし　皇帝／ペンギンも／皇帝ペンギン／飼育係りも

となるところを、意味的には

日本脱出したし／　皇帝ペンギンも／皇帝ペンギン飼育係りも

と「屈折」している例である。そしてこのような韻律と意味の「屈折」が独特のリズムと、〈皇帝ペンギン〉と〈皇帝ペンギン飼育係り〉だけでなく、〈皇帝〉も、〈ペンギン〉も〈日本脱出したし〉とも読めるという多様性を生んでいると思う。

三節　塚本作品の私の構造

一　再帰しない私

こうして塚本邦雄の短歌や俳句を読んでいくと、脳に熱く滲むような世界への視点、そしてそれにより立ち現れる新しい世界を何度も体験する。これはおそらく多くの塚本の読者が経験したことであろう。しかしまた私は、自分の胸や胃が、ちりちりと不安になるような体験はほとんどしなかった。これはどういうことなのだろうか？

たとえばあまりにも有名な、第一歌集『水葬物語』（一九五一年）の巻頭歌を鑑賞してみよう。

革命歌作詞家に凭りかかられてすこしづつ液化してゆくピアノ

「未来史」第一歌集『水葬物語』一九五一年

衆知のようにこの歌の中核は下の句の〈すこしづつ液化してゆくピアノ〉という非現実的現象であり、それが〈革命〉、あるいは〈革命歌作詞家〉への批判になっているところにある。そして読者はこのような世界への歌い方に瞠目し、〈革命〉や〈革命歌作詞家〉への批判を共有するわけである。そして作者の私（塚本）は、このような世界への歌い方（視点）を生んだ者として歌の外部に存在し、うたった対象へ向けられた批判がかえってくる、すなわち再帰することは決してないのである。それに対して次の啄木の歌をみてみよう。

はたらけど
はたらけど猶《なほ》わが生活《くらし》楽《らく》にならざり
ぢつと手《て》を見《み》る

石川　啄木『一握の砂』

この啄木の有名な歌では、〈わが生活《くらし》楽《らく》にならざり〉という哀しみが作者である私へ向けられる。そして読者もその哀しみを共有し、作者に共感するわけである。

ところで私に再帰することは、作中に私がいるということと常に結びつくわけではない。次の歌をみてみよう。

サバンナの象のうんこよ聞いてくれだるいせつないこわいさみしい
穂村　弘『シンジケート』

この歌では、呼びかけは直接には歌の外部にいる作者から〈サバンナの象のうんこ〉へ向けられている。しかしこの決して答えてくれない対象への呼びかけは、作者である私へ〈だるいせつないこわいさみしい〉としてかえってくる。そしてやはり読者はその哀しみを共有し、作者に共感するわけである。

またこれは、現実の私をうたっている、ということとも常に結びつくわけではない。

母の内に暗くひろがる原野《げんや》ありてそこ行くときのわれ鉛の兵
岡井　隆『斉唱』

この歌では〈鉛の兵〉というのは虚構の「私」だが、〈鉛〉という言葉、そして〈母の内に暗くひろがる原野《げんや》〉を行くという設定により、孤独や哀しみが感じられる。それは作者の孤独や哀しみでもあり、それをまた読者も共有するのではないかと思う。

これらに対して塚本の歌は、世界を新しい視点で、憎悪をもってうたっていく。それは確かに憎悪の粘りとともにわれわれの脳に滲む。しかしその憎悪が作者である私へ再帰することはなく、したがって読者もそれを自分に向けられたものとして感じることはなく胸や胃がちりちりと痛まない、ということなのではないかと思う。(四)

ただ塚本の歌にも、わずかに再帰性がある歌がある。

五月祭の汗の青年　病むわれは火のごとき孤独もちてへだたる

「悪について」第二歌集『装飾樂句』一九五六年

この歌は〈五月祭の汗の青年〉という生命力あふれる青年にたいして、〈病むわれは火のごとき孤独もちてへだたる〉ことがうたわれている。そして作者である〈病むわれ〉の〈孤独〉を、われわれも自分のものとして共有できるのではないかと思う。

紅鶴《フラミンゴ》ながむるわれや晩年にちかづくならずすでに晩年

「愕くなかれ」第十五歌集『詩歌變』一九八六年

なおそれに対してこの歌にも〈われ〉はうたわれており、確かに〈晩年にちかづくならずすでに晩年〉という私（作者）への諧謔がわれわれへも伝わっては来る。しかしそれはこの歌の中心部分ではなく、強烈な色彩とともに〈紅鶴《フラミンゴ》〉とわれが互いの比喩になっているという世界のうたわれ方のほうに読者の関心は向くのではないかと思う。

二　再帰しない私の構造

それでは塚本の歌は、何故私へ再帰していかないのだろうか？　一つには、喩という彼の多用した方法にあるだろう。塚本は喩により一首の中いっぱいに物語を構築し、新しい世界をうたうことに努力を注いだ。したがってそれが私へと再帰することにはあまり力を注がなかった、ということがいえると思う。

また二節―三でみたように、塚本が俳句の影響を受けたことも関係していると思う。この俳句の影響が「抒情の沼地である短歌の排水工事」をおこない塚本の短歌にかわいた印象をあたえ、私には再帰せず対象へ言い放つような性格を持たせたのではないかと思う。

そしてもっとも重要なことは、一節で論じてきたように世界が憎悪の対象であり、それをうたい続けることが塚本短歌の原動力であった、ということだろう。したがって塚本にとってうたう私は常に絶対であり、もし憎悪が私に再帰していけば自己を嫌悪し、うたうことをやめることにもつながってしまったのではないか、と思う。そしてその憎悪は前述したように戦前・戦中の地獄のような体験が背景にあった。(五)塚本が戦争中、呉市で歌誌をあさり、音楽喫茶に通い詰めていたころの回想を長いが引用してみよう。

「二時間も三時間も、怪しげなコーヒー一杯でねばっていた、『国民服』姿の顔色の悪い男に、あの店の女性は、ついぞ一度も、いやな顔をしませんでした。生きていたら六〇代末くらい、馳せ参じて改めて、心からお礼を申し上げたい思いしきりです。」

「あの屈辱的な、ただ腕力と耐久力と、それから白痴的な『大東亜共栄圏』への信仰だけが人間の存在のすべてであった時代、私など紙屑同然の人間でしかなかったんです。虚無的な自意識ばかりみなぎり溢れていました。空襲で死ぬならそれはむしろ救いでした。『撃ちてしやまむ』などという精神状態ではなかった二十代の私が、そういう雰囲気にあってどんな思いをして生きていたか、同年代の方はよくわかって頂けると思います。屈辱感を味わいながら生かされているくらいならば、逃亡か死をえらんだほうが、より正直だったのです。あまたの文学作品、詩歌作品を読んだ感動と、いつ死んでもかまわない、という決意は背中合せになっているように見えながら、実はひとえのもの、一本のものだったといま回想します。」

「あの地獄を生き耐えて来た魂を、身体を、つまらないことで、むざむざ費し、汚してたまるものか。あの凄じい犠牲をあえてして、それを償わずにおくものかと、歯軋りするような口惜しさに支えられて生きて来ましたし、今後もそうでしょう。」

このように語り、戦後六十年にしてこの世を去った塚本の短歌は、まさにあの戦争の焦土から生まれたもの、といえるだろう。

おわりに・塚本の死の後に

以上のように本章では、これまでの塚本邦雄論のなかであまり触れられてこなかった、世界——特に家族への憎悪、間奏歌集や俳句、そして再帰しない私の構造について分析した。なおより詳細にみていけば塚本の中にも時の経過とともに変化がみられるが、今回は触れえなかった。

なおわれわれ戦後世代は、塚本ほどの世界への憎悪や再帰しない強い私を持ちえないのではないか、と思う。これは個人の問題だけでなく、個人を越えた世代の問題であり、数え切れない人々が亡くなったなかで生き残った者のみが持ちえたものであろう。ただ塚本や近藤芳美の世代は、世界は根本的に変わらないという視点から、まただからこそ強い、安定した私から、うたっていたと思う。それに対してはもう少し世界とやわらかい私の相互作用からうたえないか、と思っている。いまさら素朴な写生にももどれないし、塚本がいない世界でどのように歌い続けるのか、すべての歌人たちが問われているのだと思う。

注および引用文献

(一) なお塚本を論じる以上、少なくても引用部分は全て彼がもちいた正字(点画を略したり変えたりしない正統とされている文字)にすべきだろうが、さまざまな制約の中でなしえなかった。

(二) なお年表によれば、塚本の父は塚本が生まれた年に亡くなっている。父については放蕩であった形跡もある(「短歌研究」短歌研究社、二〇〇五年九月号、六六ページ。)また母は塚本が二二歳の時に亡くなっており、その母に対しては『薄明母音』(一九九〇年)という歌集もある。その跋では「形而上の〈母なるもの〉を悪み呪ふぼくにも、かつてうつし身の母はあり、ぼくはその母をひたむきに愛してゐた」と書かれており、〈秋陽さやかに母の諸手《もろて》に掬はれぬうるほせと吾《あ》にそそぎたまへや〉のような作品もある。したがって本章では、当然ではあるが、あくまでも作品上に詠まれた「家族」について問題にしていくことにしたい。

(三) 塚本邦雄「ガリヴァーへの献詞」「短歌研究」一九五六年三月号、三〇―三一ページ。

(四) 大岡信はこのような塚本の特徴を、次のように表現している。「『われ』はここでは不在というに近いという意味は、『われ』はここでは静的な一つのパタンとして捉えられており、塚本氏の眼は、(中略)そこで凝固したように立ちどまってしまっているように思えるからだ。」「圓環的世界からの脱出」「短歌研究」一九五六年六月号、一二七ページ。

(五) 塚本邦雄「初学歴然　初心忘るべし」『塚本邦雄全集　第三巻』ゆまに書房、二〇〇〇年。

七章　短歌結社・俳句結社の社会学——千六百結社の調査から

はじめに・短歌・俳句の結社と調査対象——ある短歌結社会員の一ヶ月

一　ある短歌結社会員の一ヶ月

今日はある月の第一週目の終わりのころ、短歌をきちんと学ぼうと思って入った結社の、結社誌が届く。アイウエオ順に掲載された歌を見ていくと、自分の名前のところでは、制限数めいっぱいに投歌した八首のうち五首が選歌されてのっていた。まあまあというべきか？　しかしときどき自信作が落とされ、思いがけない作品が掲載されているのはどういうことなのだろうか？　まあ選歌をもとに自分で作品のよしあしを考えようということなのだろうが、なかなかむずかしい。ついでに特選された作品の評、歌集の書評、特集記事などをあわせて読む。当面は作品が特選されることが目標だろうか？

第二土曜日の夕方、今日は歌会の日。歌会は事前に歌を司会へ投歌し、当日無記名でコピーされた歌を批評しあい、最後に先生が歌評をおこなう。自分の歌に対する批評が生で聞け、また他の人の歌に対しても考えざるをえないので、貴重な勉強の場である。また二次会では先生や、同世代の仲間たちといろいろな話しができるので毎月楽しみにしている。といっても全国あまねく歌会があるのではなく、やはり大都市に集中している。二次会はいつも終電まで及ぶので、帰ってすぐ寝られるようにふとんを敷いてから出かける。

そして月末の二十三日！　結社誌に投歌する歌の締切が毎月二十五日なのであせっている。歌は毎月欠かさず出そうと思っているが、いつも締切間際になって出している。今月は学校のレポートもあってどうしようかと思ったが、それでも何とか二十三日の深夜までに八首つくり、ポストに投函することができた。このなかからいったいいくつ結社誌に掲載されるだろうか？　毎月、毎月歌を出して、選を見て、歌会に出て、歌がうまくなっていくものだろうか？　すこしこの前の雑誌に書評がのっていた本を買って読んでみようか？　あるいは腕試しにどこかの新人賞に応募してみようか？　今年は夏の泊まりがけで会員が集まる全国大会に参加してみようか？　なんて思いながら、とにかく今月も作品を出せたことに安堵はしたのであった。

——これは私が大学院生だった二十年前ころの記憶をもとに書いているが、現在でもそれほど変わってはいない、と思う。また短歌結社も俳句結社も、多少の違いはあるが会員の一ヶ月はあまり変わらないのではないか、と思う。

二　調査対象——約一六〇〇の結社

短歌・俳句は伝統ある短詩型文学として、学校やカルチャーセンター、通信講座などで幅広く学ばれている。そして選歌・選句、歌会・句会等をつうじて短歌・俳句を学び、テレビでの講座、カルチャーセンターなどの講師を養成する重要な集団として結社をあげることができる。短歌・俳句の結社（association）は[一]明治の近代化とともに生まれ、短歌の「心の花」、俳句の「ホトトギス」などは百年以上の歴史がある。

そしてこの短歌・俳句の結社は、結社という名前もふくめてきわめて独自な組織であるため、外からはなかなか理解しがたいところがある。私は[二]十年前（一九九五年）に、短歌結社のアンケート調査をおこなった。そして今回（二〇〇五年）は短歌結社に俳句結社も加え、合計一五八二の結社に[三]アンケート調査をおこなった。

そして本章ではこれらの調査をもとに、短歌結社の十年間の変化（一節）、短歌結社・俳句結社の現在と未来（二、三節）について分析していくことにしたい。

なお短歌・俳句の結社の定義だが、短歌・俳句の創作と歌人・俳人の養成を目的とし、（一節二で考察するイエ型集団の特徴である）「理念」と「人」を中心とした系譜性、擬似血縁的な強い関係である超血縁性、そして機能的階統制《ヒエラルキー》を特徴とした集団、と定義したい。特に同人誌との違いとしては、中心となる「人」と、選歌・選句などの機能的階統制《ヒエラルキー》の存在が重要である。またその活動としては結社誌の発行、歌会・句会などをあげることができる。

一節　短歌結社の十年間の変化

一　基本的属性の変化

（一）結社数は六二二から六四六に増えたが、会員数は減少

まず十年前と現在の、短歌結社の変化を分析することにしたい。

短歌結社に対する調査は、前回同様「全国短歌雑誌発行所住所録」「短歌年鑑」短歌研究社、二〇〇四年十二月と、「全国結社・歌人団体動向」「短歌年鑑」角川書店、平成一七年版を基礎資料とし、重複して掲載されている結社、明らかに結社でないものを除外し、六七八結社にアンケート用紙を郵送した。そして有効回答率四三・七％（二九六結社）を得た。なおその他にも「結社を解散した」、「個人誌である」、転居先不明等で返ってきたものもあり、これらを引くと短歌結社数は六四六結社と推定された。したがって十年前の六二二結社と比較すると、結社数は増えていることになる。

しかし結社の会員数を比較すると、表7―1に示されるように、百人以内の結社が四割から六割

へ増[五]加するなど（95年四〇・五％＜05年六〇・一％）、会員数は減少する傾向があった。

また結社の結成されてからの年数をみると、表7－2に示されるように、できてから四十年―五十年の結社が約二割から約一割に減少し（95年一七・八％＞05年九・八％）、五十―六十年の結社が約一割から約二割へ増加するなど（95年七・八％＜05年二〇・九％）、新しくできる結社が少なくなる傾向がみられた。

（二）女性が多いことは変わらないが、高齢化

また男女比は、表7－3に示されるように、十年前も現在も「男性2割、女性8割」の結社が約三割で最も多いなど（95年三〇・二％　05年二八・〇％）、女性が多いことは変化がなかった。

しかし年齢は、図7－1に示されるように、平均年齢七〇代の結社が約〇・五割から約三・五割に増加するなど（95年四・四％＜05年三二・八％）、高齢化していた。

（三）会費は増加

また結社誌は、月刊が四割台で最も多いことはかわらなかった。（月刊が95年四五・八％　05年四一・二％）

しかし会費は、表7－4に示されるように、二万一〇〇一円以上二万四〇〇〇円以内が増加する

表7－1　短歌結社の会員数の変化　（%）

		95年		05年
1.	100人以内	40.5	＜	60.1
2.	101人～200人以内	26.8	＞	17.9
3.	201人～400人以内	16.2		14.2
4.	401人～600人以内	7.2		4.1
5.	601人～800人以内	3.1		1.4
6.	801人～1000人以内	2.5		1.0
7.	1001人～1200人以内	0.9		0.3
8.	1201人～1400人以内	0.6		0.7
9.	1401人～1600以内	0.9		0.0
10.	1601人～1800人以内			0.0
11.	1801人～2000人以内			0.0
12.	2000人を超える			0.3

（注　95年では、9が「1400人を超える」になっている。）

（危険率5%以内で有意な差がある）

表7－2　短歌結社の結成されてからの年数の変化　（%）

		95年		05年
1.	0～10年以内	18.4		13.9
2.	10年～20年以内	17.1		15.9
3.	20年～30年以内	12.1		12.5
4.	30年～40年以内	14.0		11.8
5.	40年～50年以内	17.8	＞	9.8
6.	50年～60年以内	7.8	＜	20.9
7.	60年～70年以内	8.1		5.4
8.	70年～80年以内	3.1		7.1
9.	80年～90年以内	0.6		2.4
10.	90年～100年以内	0.0		0.3
11.	100年を超える			0.0

（注　95年では、10が「90年を超える」になっている。）

（危険率5%以内で有意な差がある）

など（95年二・八％＜05年八・八％）、やや高くなっていた。

その他には支部での歌会が六割台（95年六九・二％　05年六一・八％）、泊まりがけで全国の会員が集う全国大会が三割台後半（95年三八・九％　05年三六・一％）、結社賞が三割台（95年三七・一％　05年三一・八％）の結社にあることは変わらなかった。しかし結社叢書（結社のシリーズとして刊行される歌集・歌書）がある結社は、四割台から三割台へ減少する傾向（95年四四・五％＞05年三六・五％）があった。

（四）「多くの人に歌を広める」という大衆志向が増加

ところで結社にとって、「多くの人に歌を広める」という大衆志向と「すぐれた歌人を育てる」というエリート志向の関係は永遠の課題であろう。これらの志向の十年間の変化をみると、「すぐれた歌人を育てる」はともに約八割で（「とてもそう」＋「ややそう」95年七八・八％　05年八〇・〇％）、変化がなかった。

しかし「多くの人に歌を広める」は、図7－2に示されるように、増加する傾向がみられた（「とてもそう」＋「ややそう」95年七五・七％＜05年八二・八％）。このように短歌の結社はこの十年間で、大衆志向が増加する傾向がみられた。

表７－３　短歌結社の会員の男女比の変化　（%）

		95年	05年
1.	男性9割以上、女性1割以下	0.6	0.3
2.	男性8割、女性2割	1.2	0.7
3.	男性7割、女性3割	1.9	0.7
4.	男性6割、女性4割	0.9	2.4
5.	男性5割、女性5割	3.7	3.4
6.	男性4割、女性6割	12.1	11.8
7.	男性3割、女性7割	27.1	27.7
8.	男性2割、女性8割	30.2	28.0
9.	男性1割以下、女性9割以上	21.2	24.7

（危険率5%以内で有意な差がある）

表７－４　短歌結社の１年間の会費の変化　（%）

		95年		05年
1.	3000円以内	5.6		8.1
2.	3001円～6000円以内	17.1	＞	8.4
3.	6001円～9000円以内	16.2	＞	9.1
4.	9001円～12000円以内	25.2		21.6
5.	12001円～15000円以内	15.9		16.2
6.	15001円～18000円以内	10.0		12.8
7.	18001円～21000円以内	3.7		6.8
8.	21001円～24000円以内	2.8	＜	8.8
9.	24001円～27000円以内	1.9		1.4
10.	27001～30000円以内			2.7
11.	30001円～33000円以内			1.0
12.	33000円より上			2.4

（注　95年では、9が「24000円より上」になっている。）

（危険率5%以内で有意な差がある）

二　イエ型集団としての特徴の変化

(一) イエ型集団としての結社

ところで日本の集団に関する研究は多々あるが、特に村上泰亮[六]は日本社会における重要な集団としてイエ型集団を示し、その特徴として、

一　後継者の連続性が重視される系譜性

二　血縁以外の者も集団に入れ、擬似血縁的な強い関係を持つ超血縁性

三　ある目的を機能的に遂行するために存在する機能的階統制《ヒエラルキー》

をあげている。そしてお茶、生け花、短歌、俳句などの伝統芸能は、このイエ型集団と結びついている。

また特に短歌・俳句結社の系譜性は、たとえば写生という「理念」、正岡子規という「人」によって系譜されていく。また系譜性に対する考え方[七]としては、結社の存在自体を否定する結社否定論、「理念」と「人」にもとづいて結成されるが創立者が亡くなったら解散すべきだという結社一代論、「理念」と「人」が代々系譜されるべきだという結社継続論が存在している。

したがってここでは十年前と同じく短歌結社をイエ型集団の視点からとらえ、その変化を分析していくことにしたい。

図7－1　短歌結社の会員の平均年齢の変化

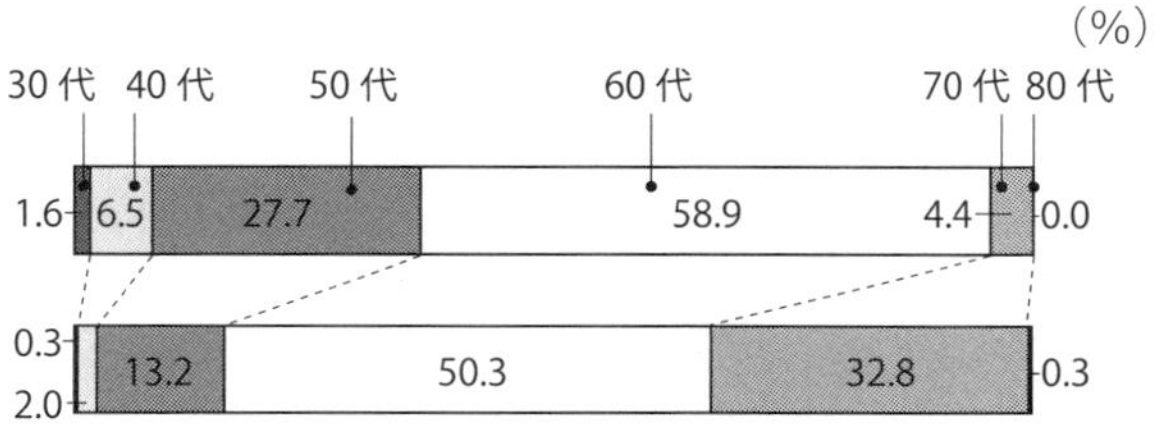

（危険率５%以内で有意な差がある）

図7－2　短歌結社の大衆志向の変化

結社にとって多くの人に短歌・俳句を広めることは大切である

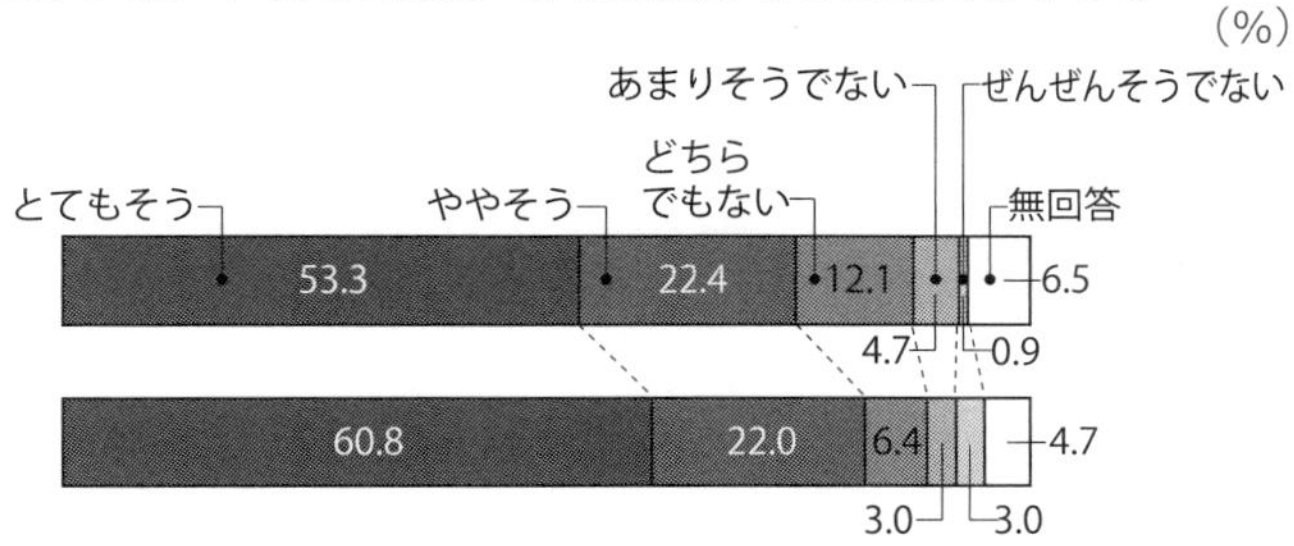

（危険率５%以内で有意な差がある）

（二）「理念」と「人」の系譜性は変化しない

十年前と現在の短歌結社の系譜性を比較すると、「理念」の系譜がある結社はともに約六割（95年五七・九%、05年六〇・一%）で変化がなかった。

また「人」の系譜がある結社はともに五割台であり（95年五一・七%、05年五五・一%）、（八）大きな変化はなかった。

なお系譜の例としては竹柏会「心の花」の「ひろく、深く、おのがじしに」という「理念」、佐佐木信綱系という「人」の系譜などをあげることができる。

なお「創立者についての継続した研究」をおこなっている結社も約一・五割（95年一五・〇％　05年一三・五％）で変化はなかった。

(三) 超血縁性はやや弱まる傾向がある

まず結社内の関係で超血縁性をみると、「結社の行事や会員の出版記念会などでは協力しあう」はともに八割台（「とてもそう」＋「ややそう」が、95年八六・二％　05年八四・一％）、「結婚式への参列など、プライベートなつきあいがある」はともに二割台（同上、95年二七・四％　05年二二・六％）で、大きな変化がなかった。

次に結社外との関係で超血縁性をみると、「2つ以上の結社に加入することはかまわない」はほぼ五割台（同上、95年四九・五％　05年五六・二％）、「結社内で会員どうしが雑誌を出したりするのはかまわない」は四―五割台（同上、95年四五・二％　05年五六・二％）で、大きな変化がなかった。

しかし「他の結社の会員と、雑誌を出したりするのはかまわない」は、図7―3に示されるように、「とてもそう」＋「ややそう」が三割台（95年三八・三％）から五割台（05年五一・〇％）になるなど、増加していた。

このように特に結社外との関係において、超血縁性はやや弱まる傾向があった。

（四）機能的階統制《ヒエラルキー》は同人が増加、また「選歌はしない」が増加

最後に機能的階統制《ヒエラルキー》の変化を見ると、それは表7－5のようになる。表に示されるようにこの十年で短歌結社の機能的階統制《ヒエラルキー》は大きな変化はなかったが、同人という階統制《ヒエラルキー》においてやや上位の層が増える傾向がみられた。なお同人の人数も増加していた。

選歌については投歌数が決まっている結社は七割台（95年七四・五％　05年七八・七％）で変化がなく、投歌数も十首以内が約五割（95年四七・三％　05年五〇・六％）で変化がなかった。しかし選歌のプロセスは「一人が選歌をする」が約四割から約三割に減少し（95年四一・七％＞05年二九・七％）、「選歌はしない（投稿された歌は全て掲載される）」が約一・五割から約三割に増加していた（95年一五・六％＜05年三〇・七％）。この「選歌はしない」の増加は結社内で選歌する──選歌されるという関係がなくなることであり、機能的階統制《ヒエラルキー》の弱化の傾向として考えることができる。

結社内の意志決定のプロセスは、「編集委員などが話し合って

図7－3　短歌結社の超血縁性の変化

他の結社の会員と、雑誌を出したりするのはかまわない

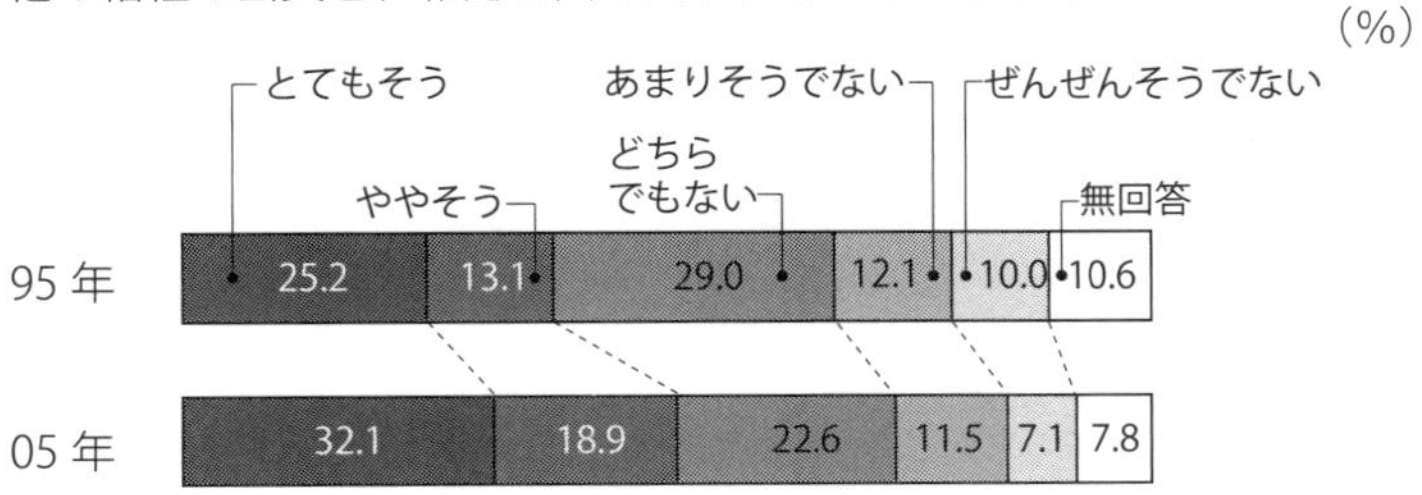

（危険率５％以内で有意な差がある）

決める」が約四割で最も多く（95年四〇・二％　05年三九・九％）、変化がなかった。

三　まとめ——結社のネットワーク組織化

このように十年前と比較して短歌結社は、結社数は増加したが会員数は減少し、高齢化し、大衆志向が増加していた。また結社外との関係において超血縁性が弱まり、機能的階統制《ヒエラルキー》も弱化し、イエ型集団としての特徴が弱まる傾向がみられた。

このような傾向は前著『短歌の社会学』（一九九九年）で示した、結社のイエ型集団としての特徴が弱まり、会員間の関係がゆるやかなネットワーク組織化するという予想に対応している。なお「結社は、今後盛んになると思う」は減少し（「とてもそ

表７－５　短歌結社の機能的階統制《ヒエラルキー》の変化

（％）

	95 年		05 年
主宰	40.5		33.1
代表	53.6		52.7
発行人	82.9		81.8
編集人（長）（結社誌の編集に最終的に責任を持つ個人）	83.8		84.8
同人（選をへずに、結社誌に短歌・俳句が掲載される人）	45.8	<	55.1
編集委員（結社誌の編集に、たずさわる人）	70.4		67.9
選歌・選句委員	34.9		38.9
実務担当（編集実務、校正、発送などにたずさわる結社内の人）	73.8		74.0
その他	18.7		21.3

（危険率５％以内で有意な差がある）

う」＋「ややそう」が95年三五・二％＞05年二〇・九％）、結社の未来については否定的な意見が多くなっていた。

二節　短歌結社・俳句結社の現在

一　基本的属性の比較

（一）俳句結社の方が結社数、会員数が多く、新しい結社が多い

それでは二〇〇五年におこなった俳句結社への調査も加えて、あらためて短歌結社・俳句結社の現在を分析していくことにしたい。

俳句結社に対しても「俳誌総覧」「俳句研究年鑑」富士見書房、二〇〇五年版、「全国結社・俳誌」「俳句年鑑」角川書店、平成一七年版、「結社誌総覧」「俳壇年鑑」本阿弥書店、二〇〇五年版を基礎資料とし、重複して掲載されている結社、明らかに結社でないものを除外し、九〇四結社にアンケートを郵送した。そして有効回答率三六・七％（三三二結社）を得た。

なおその他にも「結社を解散した」、「個人誌である」、転居先不明等で返ってきたものもあり、これらを引くと俳句結社数は八六八結社と推定された。（九） したがって短歌結社の六四六結社と比較すると、俳句結社の方が多いことになる。

また会員数も、表7－6に示されるように、どちらも百人以内の結社が最も多いが、それは特に短歌結社に多く（短歌六〇・一％＞俳句四一・〇％）、したがって全体に俳句結社の方が会員数が多かった。

結社の結成されてからの年数は、表7－7に示されるように、短歌結社に結成されてから五〇—六〇年の結社が多いなど（短歌二〇・九％＞俳句一四・二％）、俳句の方に新しい結社が多かった。

（二）俳句結社の方が男性が多く、やや年齢が若い

性別は、表7－8に示されるようにどちらも女性が多いが、「男性1割以下、女性9割以上」の結社が短歌に多いなど（短歌二四・七％＞俳

表7－6　短歌結社・俳句結社の会員数

（％）

		短歌結社		俳句結社
1.	100人以内	60.1	＞	41.0
2.	101人～200人以内	17.9		21.4
3.	201人～400人以内	14.2		18.1
4.	401人～600人以内	4.1	＜	9.9
5.	601人～800人以内	1.4		3.0
6.	801人～1000人以内	1.0		2.4
7.	1001人～1200人以内	0.3		1.5
8.	1201人～1400人以内	0.7		0.6
9.	1401人～1600人以内	0.0		0.3
10.	1601人～1800人以内	0.0		0.0
11.	1801人～2000人以内	0.0		0.0
12.	2000人を超える	0.3		1.2

（危険率5％以内で有意な差がある）

句三・九％）、俳句結社の方に男性が多かった。

年齢は、図7―4に示されるように、どちらも平均年齢六〇代が最も多かったが、七〇代が短歌結社は三割台（三二・八％）なのに対し俳句結社は二割台（二四・一％）など、俳句結社の会員の方がやや年齢が若かった。

（三）俳句結社の方が会費が安く、経済状態がよい

会費をみると、表7―9に示されるように、二万一〇〇一円―二万四〇〇〇円以内が短歌結社に多いなど（短歌八・八％＞俳句一・二％）、俳句結社の方が会費が安くなっていた。

またさらに結社の経済状態を比較すると、「どちらかというと黒字である」はともに一割台であまりかわらないが（短歌一七・九％　俳句一六・六％）、その内訳をみると、「結社から収入を得ている者がいる」（短歌一・四％＜俳句五・一％）は俳句の方が多かった。このように俳句結社の方が、経済状態が良いようであった。

（四）歌会・句会の存在はともに約六割だが、数は俳句の方が多い

結社誌の発刊形態を比較すると、俳句は月刊（短歌四一・二％＜俳句六一・一％）が多く、短歌は季刊（短歌二五・七％＞俳句一六・九％）、不定期刊（短歌八・四％＞俳句三・六％）が多かっ

表7－7　短歌結社・俳句結社の結成されてからの年数　（%）

	短歌結社		俳句結社
1.　0～10年以内	13.9		18.7
2.　10年～20年以内	15.9		20.5
3.　20年～30年以内	12.5		14.8
4.　30年～40年以内	11.8		11.7
5.　40年～50年以内	9.8		8.1
6.　50年～60年以内	20.9	＞	14.2
7.　60年～70年以内	5.4		4.8
8.　70年～80年以内	7.1		3.3
9.　80年～90年以内	2.4		1.5
10.　90年～100年以内	0.3		1.5
11.　100年を超える	0.0		0.6

（危険率5％以内で有意な差がある）

表7－8　短歌結社・俳句結社の会員の男女比　（%）

	短歌結社		俳句結社
1.　男性9割以上、女性1割以下	0.3		0.9
2.　男性8割、女性2割	0.7		1.5
3.　男性7割、女性3割	0.7		3.6
4.　男性6割、女性4割	2.4		4.2
5.　男性5割、女性5割	3.4	＜	11.4
6.　男性4割、女性6割	11.8	＜	25.0
7.　男性3割、女性7割	27.7		30.4
8.　男性2割、女性8割	28.0	＞	18.4
9.　男性1割以下、女性9割以上	24.7	＞	3.9

（危険率5％以内で有意な差がある）

図7－4　短歌結社・俳句結社の会員の平均年齢　（%）

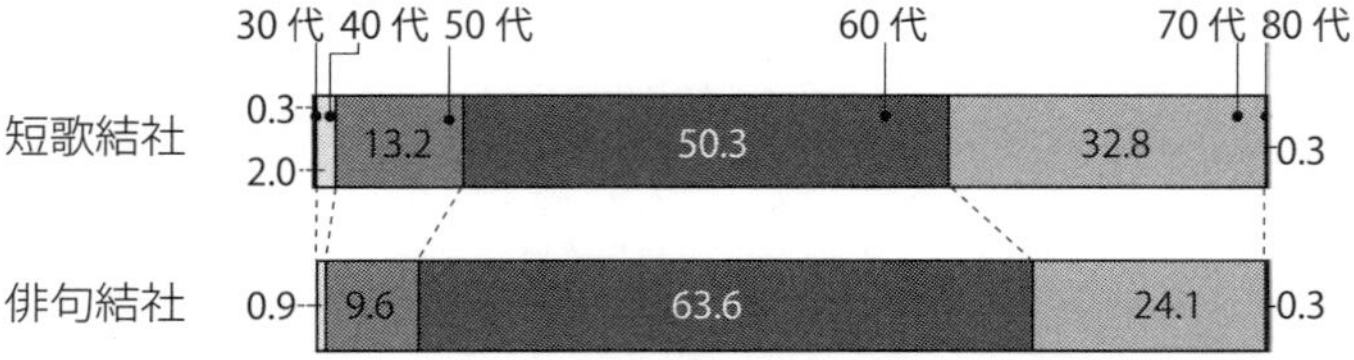

（危険率5％以内で有意な差がある）

た。短歌結社誌の俳句紹介欄（四・一％）、俳句結社誌の短歌紹介欄（三・六％）はともに数パーセントで少なかった。

支部での歌会・句会の存在はともに六割台（短歌六一・八％　俳句六三・〇％）だったが、その数は「十一以上」の結社が、短歌が約二割（二二・一％）なのに対し俳句は約四割（三八・八％）で、句会の方が多かった。

全国大会がある結社はともに三割台（短歌三六・一％　俳句三八・〇％）でかわらなかった。なお俳句結社に結社賞（短歌三一・八％<俳句四八・五％）、短歌結社に結社叢書（短歌三六・五％>俳句二五・三％）が多かった。

（五）俳句結社の方が大衆志向・エリート志向ともに強い

短歌結社、俳句結社における「多くの人に短歌・俳句を広めることは大切である」という大衆志向をみると、図7－5に示されるように、俳句の方にその志向が強かった（「とてもそう」＋「ややそう」が、短歌八二・八％<俳句八四・七％）。

また「すぐれた歌人・俳人を育てることは大切である」といういわばエリート志向も、俳句結社の方が強かった（「とてもそう」＋「ややそう」が、短歌八〇・〇％<俳句八六・二％）。

このように俳句結社の方が、大衆志向、エリート志向ともに強かった。またそれぞれのなかでの

図７−５　短歌結社・俳句結社の大衆志向とエリート志向

結社にとって多くの人に短歌・俳句を広めることは大切である　（%）

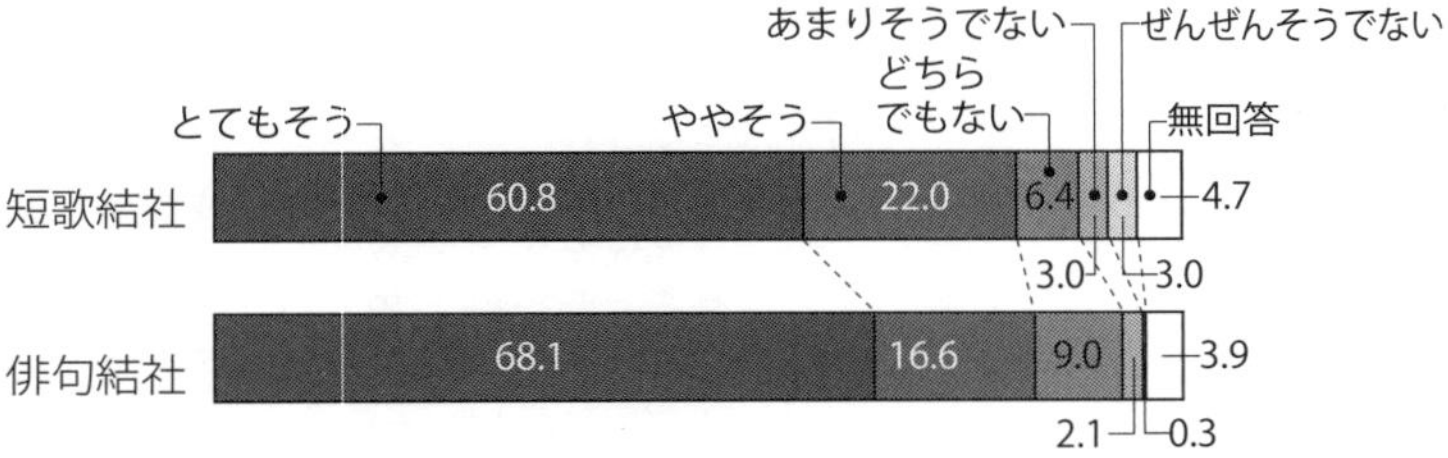

（危険率５%以内で有意な差がある）

結社にとってすぐれた歌人・俳人を育てることは大切である　（%）

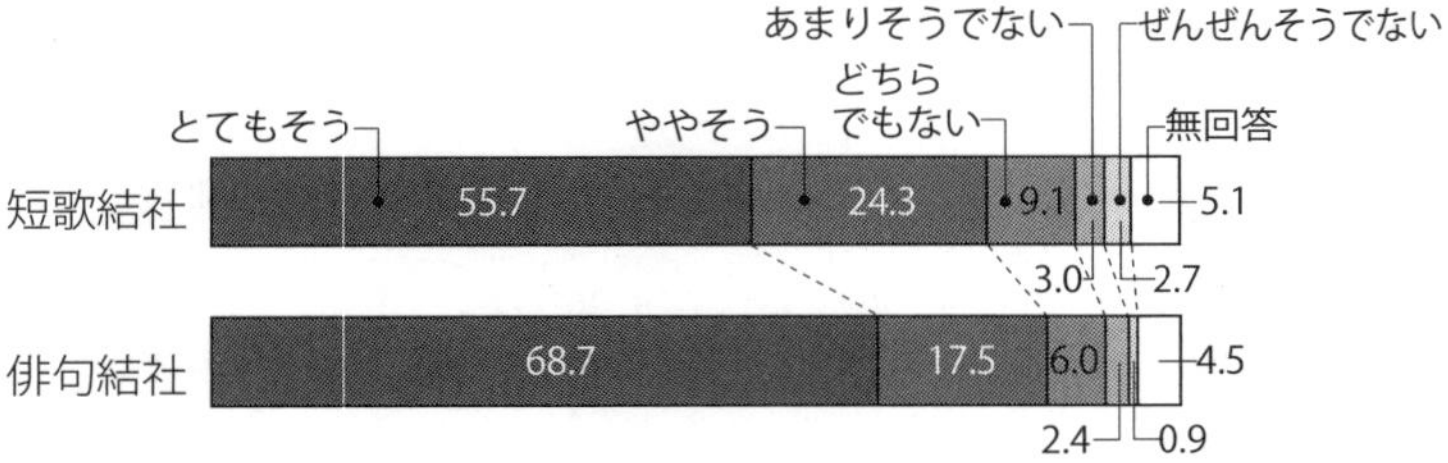

（危険率５%以内で有意な差がある）

表７−９　短歌結社・俳句結社の１年間の会費

（%）

		短歌結社		俳句結社
1.	3000 円以内	8.1		6.9
2.	3001 円～ 6000 円以内	8.4	＜	16.9
3.	6001 円～ 9000 円以内	9.1		10.5
4.	9001 円～ 12000 円以内	21.6	＜	35.5
5.	12001 円～ 15000 円以内	16.2		12.7
6.	15001 円～ 18000 円以内	12.8	＞	6.3
7.	18001 円～ 21000 円以内	6.8		5.1
8.	21001 円～ 24000 円以内	8.8	＞	1.2
9.	24001 円～ 27000 円以内	1.4		0.0
10.	27001 ～ 30000 円以内	2.7		1.2
11.	30001 円～ 33000 円以内	1.0		0.9
12.	33001 円より上	2.4		0.9

（危険率５%以内で有意な差がある）

大衆趣向・エリート志向を比較してみると、短歌結社はエリート志向（八〇・〇％）よりも大衆志向（八二・八％）が強く、俳句結社は大衆志向（八四・七％）よりもエリート志向（八六・二％）の方が強かった。

（六）前衛短歌・前衛俳句の影響は約八％で同程度

短歌結社・俳句結社の会員の作品が、どのような時代の文学や芸術の影響を受けているか聞いてみた。

すると短歌結社・俳句結社ともに、最も影響を受けているのは「現在（同時代）のさまざまな文学、芸術」で、ともに六割台（短歌六三・二％　俳句六八・七％）であった。

またその歴史を反映して、短歌は「平安時代まで（万葉集、古今集など）」（短歌二二・六％∨俳句四・五％）が多く、俳句は芭蕉が生きた「江戸時代」（短歌〇・三％∧俳句一二・〇％）が多かった。

なお一般に俳句より短歌の方が、伝統的な短歌・俳句の革新をめざした昭和三〇年代の前衛短歌・前衛俳句の影響が残っているといわれている。しかし少なくてもこの結社を対象とした調査では、「前衛短歌・前衛俳句」の影響は約八％で同じであった（短歌八・一％　俳句八・一％）。

二　イエ型集団としての比較――俳句結社の方がイエ型集団の特徴が強い

それでは次に一節二―（一）で考察したイエ型集団という視点から、短歌結社・俳句結社を比較、分析していくことにしたい。

（一）俳句結社の方が「理念」と「人」の系譜性が強い

まず系譜性を比較すると、明文化された「理念」がある結社は、短歌が約六割（六〇・一％）なのにたいし俳句は約七割（七一・七％）で、俳句の方が多かった。

また「人」の系譜も短歌が約五・五割（五五・一％）なのにたいし俳句は約七割（七一・七％）で、俳句結社の方が多かった。このように系譜性は「理念」、「人」ともに、[一〇]俳句結社のほうが強かった。なお俳句結社の系譜性の例としては、「ホトトギス」の「花鳥諷詠」という「理念」、正岡子規、高浜虚子系という「人」の系譜をあげることができる。

なお「人」の系譜性をさらにみていくと、「今の主宰、あるいは代表、発行人は、結社創立時から同じ人ではない」が、短歌結社の方が多かった（短歌五三・三％＞俳句四三・六％）。

またその関係は、短歌結社・俳句結社ともに、「前の主宰あるいは代表、発行人の弟子（教えを受けた人）であった」が約五割で最も多かった（短歌四七・一％　俳句五〇・〇％）。また短歌結社に「前の主宰あるいは代表、発行人と特別な関係はない」（短歌三一・八％＞俳句二四・三％）

が多く、俳句結社に「子ども」（短歌五・七％＜俳句一二・一％）が多かった。このように俳句に「特別な関係はない」が少ないことは、それだけ系譜性が強いことを示している、といえよう。

なお「創立者についての継続した研究」は、短歌結社の方が多かった（短歌一三・五％＞俳句七・二％）。

（二）**俳句結社の方が超血縁性が強い**

まず結社内の超血縁的な関係をみると、「結社の行事や会員の出版記念会などでは協力しあう」は「とてもそう」＋「ややそう」がともに約八・五割で変化がなかった（短歌八四・一％　俳句八四・六％）。しかし、図7－6に示されるように、「結婚式への参列など、プライベートなつきあいがある」は、俳句結社の方が多くなっていた。

なお結社外との関係における超血縁性は、「結社内で会員どうしが、雑誌を出したりするのはかまわないと思う」（短歌五三・四％　俳句四九・一％）、「結社の会員が他の結社の会員と、雑誌を出したりするのはかまわないと思う」（短歌五一・〇％　俳句四四・三％）、「2つ以上の結社に加入することはかまわないと思う」（短歌五六・一％　俳句五八・一％）ともに大きな差はみられなかった。

このように特に結社内との関係において、俳句結社に超血縁性が強い傾向がみられた。

（三）俳句結社の方が機能的階統制《ヒエラルキー》が強い

①ほぼ全ての俳句結社に主宰・代表が存在

最後に短歌結社・俳句結社の機能的階統制《ヒエラルキー》を見ると、それは表7－10のようになる。

表に示されるように、まず主宰は俳句結社（短歌三三・一%＜俳句六九・九%）、代表は短歌結社（短歌五二・七%＞俳句三三・一%）、に多くみられた。またこれらの関係を計算してみると、主宰か代表のどちらかが存在する結社は、短歌結社で七八・七%、俳句結社で九五・八%となり、俳句結社(二)ではほぼ全てに存在する傾向がみられた。

また同人も俳句結社(三)の方に多くみられた（短歌五五・一%＜俳句六九・九%）。なお短歌結社、俳句結社ともに同人の人数は「五一人以上」が最も多く（短歌二一・五%、俳句三二・八%）、同人と準同人などが分かれていない結社が多かった（短歌六〇・一%、俳句五六・九%）。

なお編集委員は短歌結社に多くみられた（短歌六七・九%＞俳句五

図7－6　短歌結社・俳句結社の超血縁性

結婚式への参列など、プライベートなつきあいがある　（%）

（危険率5%以内で有意な差がある）

八・一%)。また編集委員の人数も、「五人以内」が俳句結社に多いなど(短歌四七・八%＜俳句六四・八%)、短歌結社の方が多かった。

このように機能的階統制《ヒエラルキー》において、俳句結社の方が主宰・代表というピラミッドの頂点が常に存在する傾向がみられた。

②選歌・選句のプロセス——短歌結社の方が「選はしない」が多い

選歌・選句のプロセスをみると、俳句結社の方が毎号投稿できる作品の数が決まっている結社が多かった(短歌七八・七%＜俳句九〇・四%)。また平均投稿数は、短歌は十一・四首、俳句は九・一句であり、短歌の方が投稿数が多かった。

また「選はしない(投稿された短歌・俳句

表7－10　短歌結社・俳句結社の機能的階統制《ヒエラルキー》　(%)

	短歌結社		俳句結社
主宰	33.1	＜	69.9
代表	52.7	＞	33.1
発行人	81.8		77.7
編集人(長)(結社誌の編集に最終的に責任を持つ個人)	84.8		88.0
同人(選をへずに、結社誌に短歌・俳句が掲載される人)	55.1	＜	69.9
編集委員(結社誌の編集に、たずさわる人)	67.9	＞	58.1
選歌・選句委員	38.9		33.7
実務担当(編集実務、校正、発送などにたずさわる結社内の人)	74.0		69.9
その他	21.3		22.0

(危険率5%以内で有意な差がある)

はすべて掲載される）」が、短歌結社は約三割（短歌三〇・七％）。俳句結社は約一・五割（一四・八％）で短歌結社に多かった。これは短歌結社の方が機能的階統制《ヒエラルキー》が弱いため、と考えられる。

また選をする場合は、俳句に「一人が選をする」が短歌の二倍以上多かった（一三）（短歌二九・七％＜俳句六八・四％）。また選歌・選句にたずさわる人数をきいても、俳句結社の方に「五人以内」が多かった（短歌六〇・九％＜俳句七一・四％）。これはやはり俳句が十七文字、短歌が三十一文字であるために、俳句の方が選にかかる時間が少ないため、と考えられる。

③意志決定のプロセス——俳句結社の方が一人で決定が多い

結社の「編集の方針、同人・編集委員・選歌（句）委員の選抜など、重要な方針」に関する意志決定のプロセスをきいてみた。すると短歌結社に「編集委員などが話し合って決める」（短歌三九・九％＞俳句二四・一％）が多く、俳句結社に「編集委員などが話し合うが、最終的には一人が決める」（短歌三〇・一％＜俳句四五・八％）が多かった。このように俳句結社の方がトップが一人で決定する場合が多く、機能的階統制《ヒエラルキー》が強かった。

三節　短歌結社・俳句結社の存在理由と未来

一　数が多く、イエ型集団の特徴が強い俳句結社

以上のように分析から

一　俳句結社の方が、結社数、会員数、句会数などが多く、経済状態がよいこと

二　俳句結社の方が、系譜性、超血縁性、機能的階統《ヒエラルキー》制においてイエ型集団の特徴が強いこと

が示された。

これらについて考察してみると、一の理由としては、俳句の方が短いため、世界最短の詩とも言われ人々の興味を引きやすいことがあげられる。たとえば海外でも、短歌より俳句（HAIKU）の活動の方が盛んである。また短いためつくりやすく、作者の私生活が出にくい、また一章で考察したように俳句の方が「叙情」が少ないので、やはり私生活が出にくいと「思われている」（一四）こともあげられる。これらの理由から作者が多く、結社数、会員数等が多いことが考えられる。そしてたずさわる人数が多いので俳句結社の方が会費が安く、結社から収入を得ている者がいるというように経済状態がよい、と考えられるのである。

そして二の理由としては、一章で考察したように短歌の方が抒情などの「動き」があり、また携わる人間も俳句よりは少ないので変化しやすく、短歌結社の方がイエ型集団の特徴が弱い、と考えることができる。

二　結社の存在理由と存続

（一）結社はなぜ存在するのか――一人では学びがたい短詩型文学

ところで短歌・俳句の結社は、一節二－（一）でみたような結社否定論のような激しい批判があるにもかかわらず、何故存在し続けるのだろうか？

五章でも考察したように短歌（五七五七七）・俳句（五七五）は短詩型文学で字数が非常に少なく、短いためにかえって自分の作品の善し悪しが分かりにくく一人で学びがたい、という性格がある。したがってそこに「理念」と「人」にもとづき、超血縁的な強い関係の中で短歌・俳句を学ぶ必要性が生まれる。そしてさらにその人数が増加すると集団が構造化されて機能的階統制《ヒエラルキー》が発生し、選歌・選句、歌会・句会などにより「教え―学ぶ」結社が誕生する、と考えられる。

また短歌・俳句の結社は、小説、（ポピュラー）音楽などの世界と比較してどちらかというと批判的に論じられてきた。しかしこれは相対的に一人で「学ぶ」こと、あるいは「教え―学ぶ」関係が簡単に成立し難く、よき創作者と鑑賞者を大量に生み出しがたい芸術において、ある程度必然的に生まれるものである。

たとえば小説、（ポピュラー）音楽などはそれに関する学校などもあるが、一人あるいは数人の仲間で学び、自分の作品の善し悪しをある程度理解しつつ創作することは可能である。また鑑賞者も大量におり、そこから評価を得ることができる。もちろん本やＣＤが大量に売れたからといってその芸術的価値が本当にあるかは問題であるが、一応「売れる」ことが一つの基準となっていることは否めない事実である。そしてその背景には、小説や曲は短詩型文学と比較すると「長い」ので、一般の鑑賞者でもよく鑑賞することができる、という暗黙の前提があるように思う。このように鑑賞しやすいので鑑賞者が大量に生まれ、またその鑑賞が力を持つ、という関係が存在するわけである。それにたいして短歌・俳句は鑑賞者も一定程度存在するが、小説、（ポピュラー）音楽などに比べると非常に少なくなっている。（小説家、音楽家に対して、なぜ歌人、俳人というかというと、小説や音楽をつくると家が建つが、短歌、俳句はいくらつくってもただの人である、というジョークがあるくらいである。）

　したがって永田和宏[一五]は、歌会などをおこなう場合、初心者からベテラン、そして性、年齢、職業など「さまざまな要素について、できるかぎりヘテロである」大衆を取り込むことが結社にとって重要である、と指摘している。

　またお茶、生け花などの他の伝統芸術と比較すると、短歌・俳句の結社は確固とした家元制度や名取制度（師匠から芸名を許されること）などは存在せず、イエ型集団としての特徴は弱い方である。なお、お茶、生け花などがイエ型集団の特徴が強いのは、それらの複製不可能性もあげられるだろう。つまり短歌、俳句は印刷などによって複製され多くの人々によって鑑賞可能だが、お茶、生け花などは基本的に複製ができず、したがってより一人で学びがたく、教え—学びがたいと考えられるのである。

このように短歌・俳句の結社はイエ型集団の強度として、基本的にイエ型集団が存在しない小説、(ポピュラー)音楽などと、強いイエ型集団が存在するお茶、生け花などの中間に（一六）位置づく、と考えられる。

（二）結社の存続の必要性

このように短歌・俳句の結社は存在理由があるので、イエ型集団としての特徴は弱まりネットワーク組織化しつつも、ちょうど政治の政党、経済の会社のように、なくならずに存続し続ける、と考えられる。その証拠の一つとしては、短歌結社が十年前と比較して会員数は減少したが、結社数自体は増加していたことがあげられる。また近代以降結社が誕生してから、寺山修司などの一部例外を除いては結社以外からすぐれた歌人・俳人が誕生していないのも事実である。したがって結社はその問題点を不断に問いつつ、歌人・俳人を養成し、良き短歌・俳句を生み出す場としての努力をし続ける必要性があるだろう。

三　結社の良い点（存在する理由）——ヨコの超血縁的関係

それでは特に自由回答欄から、より具体的に結社の功罪を分析していくことにしたい。

まず「結社の良い点（存在する理由）はどのようなものでしょうか」という質問の自由回答を分類していくと、表7―11に示されるように、そこには「教え―学ぶ」といういわばタテの関係よりも、超血縁的な会員相互のヨコの関係の方が多くあげられていた。

まず良い点として最も多くあげられていたのは、短歌結社（三〇・一％）、俳句結社（二一・七％）ともに、相互研鑽、相互刺激、切磋琢磨などのヨコの相互に学びあう関係であり、特に短歌結社に多かった。たとえば次のような回答である。

「刺激しあいながら継続して勉強できる」（短歌結社）

「励ましあう誌友の存在感」（俳句結社）

また次にあげられていたものも、短歌結社（二〇・三％）、俳句結社（二〇・二％）ともに、友情、交流、親睦、仲間などの、ヨコの情緒的な関係であった。

「会員が仲良くなごやかなこと、顔を合わせることが楽しみであること」（短歌結社）

「裸の心になることが多い、普通の友人より親しさが増す」（俳句結社）

またそれにたいしてタテの関係については、指導、（初心者）育成などの「教え―学ぶ」関係がこれらの次にあげられており、それは短歌結社（一〇・五％）よりも俳句結社（一五・七％）に多かった。

「ゆきとどいた指導が出来る」（短歌結社）

「俳句の修業には結社の存在、指導者により指導されることが必要と思う（例外はあるが）。ひとりよがりになってはいい作品が出来ない」（俳句結社）

これらの結社の良い点（存在理由）としてあげられたものの合計パーセントをタテ、ヨコ別に図示してみると、それは図7－7のようになる。図に示されるように、短歌結社、俳句結社ともにヨコの関係のパーセントの方が長い。そして特にヨコの関係の良い点（存在理由）は短歌結社に多く（短歌五〇・四％＞俳句四一・九％）、タテの関係の良い点は俳句結社に多かった。（短歌一〇・五％＜俳句一五・七％）

そして次に理念、信念、師系などの「理念」と「人」の存在が、短歌結社（九・五％）、俳句結社（十一・四％）ともにあげられていた。

表7－11　短歌結社・俳句結社の良い点（存在する理由）

（％）

	短歌結社		俳句結社
相互研鑽、相互刺激、切磋琢磨などのヨコの相互に学びあう関係	30.1	＞	21.7
友情、交流、親睦、仲間などの、ヨコの情緒的な関係	20.3		20.2
指導、（初心者）育成などの「教え―学ぶ」タテの関係	10.5	＜	15.7
理念、信念、師系などの「理念」と「人」の存在	9.5		11.4
（短歌・俳句の）発表・継続・出版の場	6.8		3.3
地域文化を担う	1.7		3.0

「創立者の理念、その伝統に共鳴した場合、その伝統に立って研鑽できること」（短歌結社）

「一人の師の思想・生き方・姿勢・研究（文学・俳句など）を筋道をもって（師系）学べること」（俳句結社）

なおその他には、（短歌・俳句の）発表・継続・出版の場（短歌六・八％、俳句三・三％）、地域文化を担う（短歌一・七％　俳句三・〇％）、さらに（人々が集まり作品を生み出す）座（特に俳句で数結社にみられた）、一般的な中間集団のメリットとしての安らぎの場、人間的成長の場などがみられた。

このように結社の良い点としてあげられたものは、なによりも会員相互のヨコの関係であった。これはやはり実際の結社では中心となる「人」から直接「教え―学ぶ」ことはなかなか難しいので、支部の歌会・句会などのヨコの学び合う、情緒的な関係が会員の拠り所になる、と考えられる。また現代社会では家族、地域などの集団の力が弱まりつつあるので、老若男女が集う短歌結社・俳句結社のヨコの関係が、個人と社会の間にある中間集団として重要性をおびているのではないか、と思う。

図7－7　結社の良い点（存在理由）

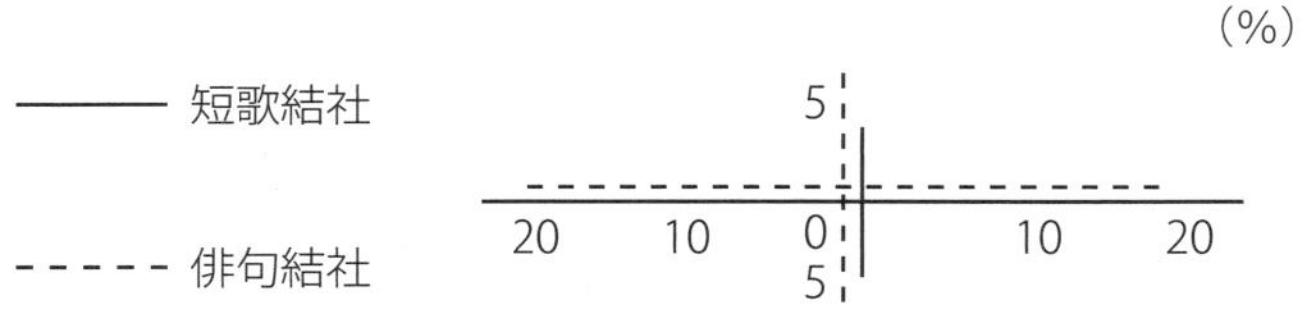

四　結社の悪い点（問題点）――タテの機能的階統制《ヒエラルキー》の問題

次に結社の悪い点（問題点）を、やはり「結社の悪い点（問題点）とはどのようなものでしょうか」という質問の自由回答欄から分類していくことにしたい。

結社の悪い点（問題点）については、表7－12に示されるように、短歌結社（一六・二％）、俳句結社（二三・二％）ともに「高齢化」が最も多くあげられていた。ただしこれは「結社の悪い点（問題点）」というよりは、短歌界、俳句界全体の問題と思われる。

次に結社の悪い点（問題点）としては、年功、運営功、おもねり、軍隊的などの機能的階統制《ヒエラルキー》のタテの関係に関するものが、短歌結社（一五・二％）、俳句結社（一六・三％）ともに約一・五割で最も多かった。

「上下の序列があるので文学集団にあるまじき権威主義が生じやすい」（短歌結社）

「普通、主宰制の結社についていえることであるが、一つの狭い殻に閉じこもり、序列の問題など、文学活動以外の問題で何かと縛られるような傾向がある」（俳句結社）

次に、排他的、セクショナリズムなどの外部との関係が、短歌結社（一四・五％）、俳句結社（一三・九％）ともに約一・五割あった。

「セクト主義に落ちいりやすい」（短歌結社）

「俳壇全体の結社のありようをみると、1閉鎖的（ひらかれていない）、2独善的（自分のところ

がよくて他は見向きもしない）ところもあるように見受けます」（俳句結社）

そして次に、なれ合い、もたれ合い、仲間ぼめ、社交の場になっている、また逆に煩わしい、プライベートに立ち入られる等のヨコの超血縁的な関係の問題が、特に短歌結社に多くみられた（短歌十一・一％＞俳句五・一％）。

「あまり仲間意識が出てしまうと、よくないだろう」（短歌結社）

「なれあいによる勉強不足」（俳句結社）

「付き合いの煩わしさ」（短歌結社）

そして次にマンネリ、視野が狭くなる、画一的、自己模倣、個性を潰す等、「理念」と「人」にかかわる問題が、短歌結社（九・一％）、俳句結社（九・三％）ともにあげられていた。

「画一的作品になりやすい」（短歌結社）

表7－12　短歌結社・俳句結社の悪い点（問題点）

（%）

	短歌結社		俳句結社
高齢化	16.2	<	23.2
年功、運営功、おもねり、軍隊的などのタテの関係	15.2		16.3
排他的、セクショナリズムなどの外部との関係	14.5		13.9
なれ合い、仲間ぼめ、煩わしいなどのヨコの関係	11.1	>	5.1
画一的、個性を潰すなどの「理念」と「人」の問題	9.1		9.3

「各結社によって異なるが、主宰や代表者が自分の世界やカテゴリー内のものしか選句できないときにマンネリ化がはじまる。」（俳句結社）

なおその他には、派閥、商業主義などもあげられていた。

このように結社の悪い点（問題点）としては、短歌結社、俳句結社ともに機能的階統制《ヒエラルキー》のタテの関係が最もあげられていた。なお「作品以外にも結社内での年数が評価される」という年功序列に関する質問にたいしては、二割台の短歌結社（二五・六％）、俳句結社（二一・七％）が「そう」（「とてもそう」＋「ややそう」）と答えていた。

このように結社の悪い点としては短歌結社も俳句結社も、タテの機能的階統制《ヒエラルキー》の問題が最も多くあげられていた。また俳句結社と比較して機能的階統制《ヒエラルキー》が弱い短歌結社は、ヨコの関係が良い点として多くあげられていたが、悪い点としても多くあげられていた。

五　結社の未来

それでは最後に、結社の未来について考察していきたい。

（一）系譜性――「理念」の「人」から「人」への系譜の問題

分析で明らかになったように、短歌結社より俳句結社の方が「理念」、「人」の系譜性とも強かった。「理念」については、特に短歌では戦前の写生対プロレタリア短歌などの相違はほとんどない、と考えられる。それに比較するとまだ俳句では、「花鳥諷詠」に対する意見の相違などがみられるように思う。

また「人」については現在の結社で、ある歌人・俳人の作品を好きになって結社に入るという「人」の要素は重要であろう。たとえば短歌をみると、「心の花」の佐佐木幸綱と谷岡亜紀、大口玲子等の社会を詠もうとする姿勢や骨太な対象把握、「かりん」の馬場あき子と米川千嘉子等の古典の教養を背景とした繊細な言葉使いなどは、やはり中心となる「人」により成立する結社の特徴といえよう。

そして「理念」の「人」から「人」への系譜には、「理念」がかえって作品を硬直化させないために、代々の人々の「理念」の発展的再解釈と、作品への具体化が常に必要であろう。特にこの約十年をみても、戦後の短歌・俳句を支えた春日井建、塚本邦雄、近藤芳美、飯島晴子、中村苑子、鈴木真砂女、藤田湘子、飯田龍太等が亡くなっている。今後の短歌・俳句の世界では、M・ウエーバーのいうカリスマが世襲、制度化されてゆくという「カリスマの日常化」が進むと考えられるが、あるいは新たなカリスマが誕生するのだろうか。

(二) 超血縁性とインターネット――「結社がネットか」

またこの十年間で、短歌結社の超血縁性は弱まっていた。また短歌結社より俳句結社の方が超血縁性が強かった。そしてたとえば短歌の世界では、超結社の現代短歌研究会(二〇〇一年―)やいくつかの同人誌などが生まれ、また俳句の世界でも俳句甲子園のOBなどが大学の俳句会に相互に出席するなどの交流が生まれたりしている。

ところでインターネットが普及するにつれて、ネットの短歌・俳句への影響についてさまざまな議論があった。現在のところホームページがある結社は、短歌(八・四%)、俳句(九・三%)とも一割未満であり、インターネット歌会がある結社は、短歌(一・四%)、俳句(一・八%)ともに数パーセントである。

しかしまたネットの結社への影響については、短歌、俳句ともに「マイナスになる」(「マイナスになる」＋「ややマイナスになる」　短歌九・五%、俳句一二・〇%)よりも、「プラスになる」(「プラスになる」＋「ややプラスになる」　短歌二一・六%、俳句二四・七%)の方が二倍近く多かった。

なお「プラスになる」の内容としては、「若い人が増える」、「会員が増える」、「連絡、添削などに便利である」などがあった。なお「マイナスになる」の内容としては、「言葉の生身の感覚がなくなりやすい」、「顔が見えなく座の文学にはマイナス」、「心の繋がりが乏しくなる」、「伝統が衰退する」、「横書きが増える」等があった。

このように現在はインターネットが結社に取って代わるという「結社かネットか」という問題から、結社がインターネットを使っていくかという「結社がネットか」という問題へ移行している、といえよう。

なお今後社会全体として、家族、地域などの人間関係は弱まっていくと考えられる。そうしたなかで短歌・俳句の結社は、「良い点」であげられていた人々の超血縁的なヨコの関係をある程度維持できる集団としても重要であろう。実際に私の経験からいっても、さまざまな社会的背景を持つ老若男女が対等の関係で、作品を媒介として恋愛、人生、社会などを語り合える場はそうないのではないか、と思う。

(三) 機能的階統制《ヒエラルキー》とその改革の可能性

また調査によれば機能的階統制《ヒエラルキー》は、俳句結社の方が強かった。また結社の「悪い点」としては、タテの機能的階統制《ヒエラルキー》の問題が最も多くあげられていた。また同人(「任期はない」が、短歌九三・三%、俳句九五・三%)、編集委員(「任期はない」が、短歌八五・一%、俳句八八・一%)、選歌・選句委員(「任期はない」が、短歌八六・一%、俳句八三・九%)には任期がないものが多く、機能的階統制《ヒエラルキー》の固定化が問題になってこよう。

たとえば短歌結社では「心の花」[一七]が百周年（一九九八年）のあと、「塔」[一八]が五十周年（二〇〇四年）のあと、選歌委員、編集委員の若返りや選者制度の改革などをおこなっている。ただこれらの改革は、「心の花」では佐佐木幸綱、「塔」では永田和宏という「人」の強いリーダーシップによってこそおこなわれている。このように機能的階統制《ヒエラルキー》の改革には、かなりのエネルギーが求められるようである。

（四）短歌・俳句というジャンルの結社化の問題

なおその他の問題としては、短歌・俳句というジャンル自体がそれぞれ一大結社のようになっていることがあげられる。総合誌への登場、新聞などの歌壇・俳壇の選者、さまざまな短歌・俳句の賞の選者などは結社の主宰や代表クラスの人が多くしめている。それらは実力あってのことだろうが、もう少し超結社的な動きがあってもよいように思う。

またジャンル自体が一大結社のようになり、詩との間や、短歌と俳句の間でさえほとんど交流がないことも問題といえよう。確かに、明治時代と比較して社会が「発展」したことによってかえって、職業と、一つのジャンルの創作と結社等の仕事だけでいっぱいになってしまうのは実体験として痛感しているところである。しかし俳句を読んでいる歌人、短歌を読んでいる歌人はある程度おり、戦後も寺山修司のように俳句、短歌、劇など多ジャンルで創作をした者はいるのだから、もう少し意識的に他ジャンルとの交流ができないか、と思うのである。

二節一－（四）でみたように短歌結社誌の俳句紹介欄、俳句結社誌の短歌紹介欄はともに数パーセントであった。ただ互いに対する関心はあるようで、短歌に対する俳句結社からの意見としては、「俳句より現代的」、「政治・社会などへの批判精神がある」、「散文化、口語化の傾向がある」、そして「交流をしたい」などがあった。

また俳句に対する短歌結社からの意見としては、「国際性がある」、「（初心者が）とっつきやすい」、「川柳との境界が曖昧になっている」、「流派にこだわりすぎている」、そして「交流をしたい」などがあった。

（五）短歌結社・俳句結社の未来

最後に結社の未来についての質問をみると、「今後盛んになる」（「とてもそう」＋「ややそう」）は、短歌（二〇・九％）より俳句（三一・三％）の方が多かった。

また結社に対する意見としては、「なくならない」、「統合すべき」（以上、短歌結社）、「同人誌になる」、「淘汰される」（以上、俳句結社）、また短歌結社、俳句結社とも「高齢化が問題」、「大結社が優遇されている」等の意見がみられた。

そしてたとえば「なくならない」については、次のような意見がみられた。

「短詩形文学の必然として結社（ないしは結社的な集まり）は今後も残っていくと思う。ただし結社のあり方や体制については繰り返し論じられる必要がある。」（短歌結社）

また短歌結社の短歌に対する意見としては、「日本語を守る」、「口語が広がっていくがそれでいいのか」、「生きがい、人間性回復の場になる」、「大小の結社に二極分化する」などがあった。

また俳句結社の俳句に対する意見としては、「口語化に期待したい」、「口語化は進歩ではない」、「季語、切れ字が重要」、「国際化する」、「商業ベースが入りやすい」などがあった。

三節─二で考察したように短詩型文学で一人で学びがたい短歌・俳句には、さまざまな批判はありつつも「理念」と「人」をもとに超血縁的な関係のなかで学べる結社に存在理由がある。したがってその問題点を不断に問いつつ、良い作品と作者を生み出すために活性化し続けていくことが重要であろう。

おわりに・ある短歌結社編集委員の一ヶ月

ところで現在私は、短歌結社の竹柏会「心の花」の編集委員をしている。したがって第三日曜は編集日で、午後一時に他の七─八人の編集委員とともに主宰の佐佐木由幾（「心の花」の発行人も兼ねている）と編集人の佐佐木幸綱宅に集合する。（二人は母と子の関係にあり、それぞれ「心の花」を創刊した佐佐木信綱の子の嫁、孫にあたる。）そしてまず「心の花」誌面等の企画について話し合い、その後六時半くらいまで原稿の編集、そして八人の選歌委員から選歌されて送られてきた歌稿を、歌の数を数え、糸でくくり、二重投歌がないようにチェックし、編集していく。また同じ部屋ではやはり七―八人の校正担当がおり、校正作業もおこなっている。（校正担当は月にもう一日、別の日にも集まって校正をしている。）

そして作業が終わると皆で食事をいただき、酒を飲みつつ結社内外のさまざまな話題について話し、八時過ぎごろに解散となるのである。また結社の仕事としてはその他にも、結社誌の発送、会計、毎年の全国大会の運営、ホームページの管理などがあり、これらも編集委員が担当していることがある。なお他の多くの結社がそうであるように、これらの仕事は無給のボランティアでおこなわれている。また第二土曜日の歌会にも、なるべく参加するようにしている。

なお編集委員も毎月の「心の花」に投歌するが、編集委員の半数くらいは選をへないで全ての作品が掲載される無選歌欄に属している（ただし「心の花」には同人と呼ばれる者はいない）。しかし選をへず、つまり他人の眼を通さずに全ての歌が掲載されることは、それはそれでプレッシャーがあるのである。

さてこのように毎月の結社の仕事をしているのは、歌の先生や仲間と接し、何でもない会話をしていることも多いが、その超血縁的な関係のなかからいろいろな歌の歴史や歌への視点などのヒントが得られることが楽しい、ということがある。また「心の花」の「ひろく、深く、おのがじしに」という「理念」や、信綱—治綱—由幾—幸綱という「人」の系譜に共感し、そのなかで育てられたので、それを後輩たちに伝えていきたいという思いもある。しかしそれらをひっくるめて私の結社との関係は、唐突ではあるが次のような天龍という力士の相撲への思いに最も近い。

つまり天龍[一九]がいうには大相撲というのは土俵の上の勝負だけではなく、巡業でお寺に泊まって七輪で火をおこしてちゃんこを食べたり、足を泥だらけにして稽古をする、それら全てをひっくるめて大相撲だ、というのである。そして私の短歌と結社に対する思いもこれに近く、私にとって短歌というものは書き上げられた作品だけではなく、結社の仲間と編集で歌の数を数えるときの指先、歌稿をくるときの千枚通しと糸の感触、そして編集が終わって酒を飲んで話したり、歌会などで歌について批評しあったり、二次会でふと話してくれた私の作品に対する批評をノートに書きとめたり、全国大会で夜遅くまで話したり、それら全てをひっくるめたのが私にとっての短歌（体験）であり、それらの総体から作品も生まれてくる、と思うのである。

なお結社の分析の最後に自分の結社体験を記すことは、それが分析に何らかの影響を与えているという存在被拘束性（Seinsverbundenheit）を問われるかも知れない。しかし私が結社に所属していることは事実なので、むしろそれを明らかにし、編集委員の事例としても読者に示した方が良いと考え、最後に記すことにした。

注および引用文献

（一）詳しくは拙著「Ⅲ部二章　結社の歴史」『短歌の社会学』はる書房、一九九九年、河野南畦「『結社』雑感」「俳句」一九八四年五月号などを参照のこと。

（二）一九九五年六―七月に郵送調査にて、短歌の六九九結社を対象に実施。有効回答率四五・九％（三二一結社）。詳細は「Ⅲ部五章　結社の現状と今後の展開」前掲拙著、を参照のこと。

（三）詳細は一節一－（一）、二節一－（一）を参照のこと。お忙しい中調査に協力いただいた短歌結社、俳句結社に心からお礼を申し上げます。また大正大学からは、学術研究助成金をいただきました。

（四）ただし同人誌と称する集団でも、機能的階統制《ヒエラルキー》があり選歌をおこなっているものは結社とした。また結社の支部的な集団でも、雑誌を刊行している等の独自性があるものも結社としてカウントした。

（五）十年前との比較や短歌結社と俳句結社の比較で数字の増減について言及している場合は、三章と同様に全て統計学の検定をおこなっている。そして検定の結果九五％以上の確率で「差がある」といえるものについてのみ、「増加した―減少した」、「多い―少ない」と書いたり不等号をつけたりし、図表には「危険率5％以内で有意な差がある」と書いた。一見すると差がなさそうな数値に「差がある」と書いてあるのは、このような検定の結果によるのである。

（六）村上・公文・佐藤『文明としてのイエ社会』中央公論社、一九七九年。なお村上は自立性も特徴としてあげているが、これは他の集団にもみられるので考察からはずすことにする。また村上のイエ型集団と、F・L・K・シュー、西山松之助等の家元制の研究との関係については、「Ⅲ部三章一節　イエ型集団の特徴」前掲拙著、を参照のこと。

（七）詳細は「Ⅲ部四章一節　結社継続の問題――系譜性からみた結社論」前掲拙著、を参照のこと。

（八）ただし「今の主宰、あるいは代表、発行人は、結社創立時から同じ人である」は減少し（95年五五・四

%＞05年四一・九%)、世代交代がある程度進んでいることが示唆された。なお代表より主宰の方が伝統的な名称だが、その違いは明確ではない。また主宰、代表と結社誌の発行人が同一人物であるケースは多くみられる。

(九) なお短歌結社、俳句結社ではなく、短歌、俳句、詩等の多ジャンルを対象とする集団と自己規定する十集団からも回答をいただいた。これらの集団は、本書の短歌結社、俳句結社の分析からは残念ながら割愛させていただいた。なお同人誌、結社の支部的な集団については注(四)の短歌結社の場合と同じように対応した。

(一〇) たとえば大串章は、俳句の世界では「師系」という言葉が市民権を得ている、としている。「座談会　師系の功罪」「俳句」二〇〇〇年十月号、一〇六ページ。

(一一) たとえばこのような傾向を草間時彦はややシニカルに、〈甚平や一誌持たねば仰がれず〉と詠んでいる。

(一二) なお複数の俳句結社から、俳句では必ずしも同人の作品が選をへずに結社誌に掲載されるわけではない、という指摘をいただいた。

(一三) たとえば選句について鷹羽狩行は、〈選句地獄のただなかに懐手〉と詠んでいる。

(一四) ただし私の実感としては、俳句には季語もあり短いためにかえって、真剣にやれば短歌と同じように「つくりにくい」と考えられる。また確かに字数が少ないため、職業や周囲の人に対する考えなどの「私生活」は相対的に出にくいかもしれないが、作者の個性は短歌と同じように表現される、と思う。

(一五) 永田和宏「なぜ結社が必要とされ生き残るのか」小池・三枝・島田・永田・山田『昭和短歌の再検討』砂子屋書房、二〇〇一年。

(一六) なお「Ⅲ部四章二節　組織としての結社の問題——超血縁性・機能的階統制《ヒエラルキー》の存在」前掲拙著も参照

のこと。

（一七）「心の花」一九九九年六月号。

（一八）「塔」二〇〇五年一月号。

（一九）天龍源一郎、一九五〇年生れ、元幕内力士、のちにプロレスラーになる。

参考文献（なお基本的に『短歌の社会学』でとりあげた文献は省略した。）

Ｆ・Ｌ・Ｋ・シュー（作田・浜口訳）『比較文明社会論』培風館、一九七一年。

西山松之助『家元の研究』吉川弘文館、一九八二年。

「リレー評論1―11」「俳句」一九八四年四月号―一九八五年四月号。

「結社の時代」「俳句」一九八六年五月号。

「俳句の時代を読む・第4回　現代結社の問題を探る」「俳句」一九八七年四月号。

「俳句の時代を読むＰＡＲＴⅣ・第9回「結社の時代」の俳句とはどうあるべきか」「俳句」一九九〇年九月号。

『現代俳句結社要覧』東京四季出版、一九九一年。

「俳句の時代を読むＰＡＲＴⅥ・第4回「〝結社の時代〟をどう考えて今日の実作をしているのか」「俳句」一九九二年四月号。

「俳句の時代を読むＰＡＲＴⅥ・第12回「これからの結社の在り方と句会の方法」「俳句」一九九二年十二月号。

「結社の時代を読むＰＡＲＴⅠ・第2回「俳句結社の生き方と作り方」「俳句」一九九三年二月号。

「大座談会　〝結社の時代〟の俳句姿勢を問う」「俳句」一九九三年十一月号。

「結社とわたし、結社と俳句」「俳句研究」一九九八年五月号。

「座談会　結社の活性化をめざして」「塔」二〇〇〇年五月号。

「近代俳句の師系」「俳句」二〇〇〇年十月号。

「大特集　結社と句会の功罪」「俳句」二〇〇四年九月号。

「大特集　近代結社の師系」「俳句」二〇〇五年十二月号。

福田アジオ編・綾部恒雄監修『結社の世界史1　結衆・結社の日本史』山川出版社、二〇〇六年。

武川忠一『近代歌誌探訪』角川書店、二〇〇六年。

吉川宏志「2006年、結社とは何か」「国文学」至文堂、二〇〇六年八月号。

「結社で歌人はどう育つか」「短歌研究」二〇〇六年十一月号。

「今、短歌について思うこと」「短歌」二〇〇七年一月号。

赤坂憲雄『結社と王権』講談社学術文庫、二〇〇七年。

「短歌・俳句結社調査・2005」調査票＆集計結果

一　調査対象
　　短歌 678 団体、俳句 904 団体
二　有効回答率
　　短歌 43.7%（296 結社）、俳句 36.7%（332 結社）
三　調査方法
　　郵送法
四　調査時期
　　2005 年 11 － 12 月

（基本的に無回答も算出しましたが、表には書いていません）

I　まず貴結社の概要についておたずねします。

質問 1　貴結社はどのようなジャンルの結社でしょうか

短歌	俳句
42.7	57.3

質問 2　貴結社の本部はどこにあるでしょうか

	短歌結社	俳句結社
1. 北海道	5.7	3.6
2. 東北	6.8	4.6
3. 関東	21.6	26.4
4. 東京	23.3	17.3
5. 中部	14.9	16.1
6. 近畿	12.5	15.8
7. 中国	5.7	4.9
8. 四国	2.7	3.0
9. 九州	6.8	8.2

質問 3　貴結社は結成されてから何年になりますか

	短歌結社	俳句結社
1. 0~10 年以内	13.9	18.7
2. 10 年 ~20 年以内	15.9	20.5
3. 20 年 ~30 年以内	12.5	14.8
4. 30 年 ~40 年以内	11.8	11.7
5. 40 年 ~50 年以内	9.8	8.1
6. 50 年 ~60 年以内	20.9	14.2
7. 60 年 ~70 年以内	5.4	4.8
8. 70 年 ~80 年以内	7.1	3.3
9. 80 年 ~90 年以内	2.4	1.5
10. 90 年 ~100 年以内	0.3	1.5
11. 100 年を超える	0.0	0.6

質問 4　貴結社の会員の数は、どれくらいでしょうか

1. 100 人以内	60.1	41.0
2. 101 人 ~200 人以内	17.9	21.4
3. 201 人 ~400 人以内	14.2	18.1
4. 401 人 ~600 人以内	4.1	9.9
5. 601 人 ~800 人以内	1.4	3.0
6. 801 人 ~1000 人以内	1.0	2.4
7. 1001 人 ~1200 人以内	0.3	1.5
8. 1201 人 ~1400 人以内	0.7	0.6
9. 1401 人 ~1600 以内	0.0	0.3
10. 1601 人 ~1800 人以内	0.0	0.0
11. 1801 人 ~2000 人以内	0.0	0.0
12. 2000 人を超える	0.3	1.2

質問 5　会員のだいたいの男女比をお教えください

1. 男性 9 割以上、女性 1 割以下	0.3	0.9
2. 男性 8 割、女性 2 割	0.7	1.5

	短歌結社	俳句結社
3. 男性 7 割、女性 3 割	0.7	3.6
4. 男性 6 割、女性 4 割	2.4	4.2
5. 男性 5 割、女性 5 割	3.4	11.4
6. 男性 4 割、女性 6 割	11.8	25.0
7. 男性 3 割、女性 7 割	27.7	30.4
8. 男性 2 割、女性 8 割	28.0	18.4
9. 男性 1 割以下、女性 9 割以上	24.7	3.9

質問 6　会員の平均年齢はどれくらいでしょうか

1. 20 代	0.0	0.0
2. 30 代	0.3	0.0
3. 40 代	2.0	0.9
4. 50 代	13.2	9.6
5. 60 代	50.3	63.6
6. 70 代	32.8	24.1
7. 80 代以上	0.3	0.3

質問 7　貴結社の結社誌の発刊は、

1. 月刊	41.2	61.1
2. 季刊	25.7	16.9
3. 不定期刊	8.4	3.6
4. その他	24.0	17.5

質問 8　1 年間の会費はどれくらいですか

1. 3000 円以内	8.1	6.9
2. 3001 円 ~6000 円以内	8.4	16.9
3. 6001 円 ~9000 円以内	9.1	10.5
4. 9001 円 ~12000 円以内	21.6	35.5
5. 12001 円 ~15000 円以内	16.2	12.7
6. 15001 円 ~18000 円以内	12.8	6.3

	短歌結社	俳句結社
7. 18001円~21000円以内	6.8	5.1
8. 21001円~24000円以内	8.8	1.2
9. 24001円~27000円以内	1.4	0.0
10. 27001~30000円以内	2.7	1.2
11. 30001円~33000円以内	1.0	0.9
12. 33000円より上	2.4	0.9

質問9　貴結社の経営状態はいかがでしょうか

1. どちらかというと黒字である	17.9	16.6
2. 収入と支出がだいたい同じである	48.3	44.6
3. どちらかというと赤字である	30.7	34.3
4. その他	2.0	1.8

SQ9－1（「1 どちらかというと黒字である」結社へ）
あてはまるものにいくつでも○をつけて下さい

1. 結社の仕事へ交通費、食事等を出している	20.9	14.2
2. 事務所を持ったり職員を雇ったりしている	1.4	3.0
3. 結社から収入を得ている者がいる	1.4	5.1
4. 結社の経営により生活している者がいる	0.0	0.9

質問10　貴結社には、（「ひろく、深く、おのがじしに」のような）明文化された短歌・俳句に対する理念がありますか？　あればお手数ですが、お書きください

書いた結社	60.1	71.7

質問11　貴結社には、（佐佐木信綱系のような）歌人・俳人の系譜がありますか？　あればお手数ですが、お書きください

書いた結社	55.1	71.7

質問12　貴結社の会員の作品は、どのような時代の文学や芸術の影響を受けていると思いますか？　次の中から当てはまるものにいくつでも○をつけて下さい

	短歌結社	俳句結社
1. 平安時代まで（万葉集、古今集など）	22.6	4.5
2. 鎌倉・室町時代（新古今集など）	5.4	2.7
3. 江戸時代	0.3	12.0
4. 明治から第2次大戦前まで	20.6	19.6
5. 第2次大戦以降	35.1	36.7
6. 特に前衛短歌・前衛俳句	8.1	8.1
7. 現在（同時代）のさまざまな文学、芸術	63.2	68.7
8. その他	2.4	3.3

II　次に貴結社の編集、選歌などのシステムについておたずねします。

質問13　貴結社には、次のような人がいますか、いる人すべてに○をつけてください。（実際は人が重複する場合も、それぞれに○をつけてください）

1．主宰	33.1	69.9
2．代表	52.7	33.1
3．発行人	81.8	77.7
4．編集人（長）（結社誌の編集に最終的に責任を持つ個人）	84.8	88.0
5．同人（選をへずに、結社誌に短歌・俳句が掲載される人）	55.1	69.9
6．編集委員（結社誌の編集に、たずさわる人）	67.9	58.1
7．選歌・選句委員	38.9	33.7
8．実務担当（編集実務、校正、発送などにたずさわる結社内の人）	74.0	69.9
9．その他	21.3	22.0

SQ1「1 主宰」、あるいは「2 代表」、「3 発行人」についておたずねします。（それぞれで人が異なる場合は、番号が若い方についてお答え下さい）

	短歌結社	俳句結社
1．今の主宰、あるいは代表、発行人は、結社創立時から同じ人である	41.9	52.5
2．今の主宰、あるいは代表、発行人は、結社創立時から同じ人ではない	53.3	43.6

SQ1 − 1（「2 今の主宰、あるいは代表、発行人は、結社創立時から同じ人ではない」結社へ）
それでは今の主宰、あるいは代表、発行人は、前の主宰あるいは代表、発行人とどのような関係にありましたか

	短歌結社	俳句結社
1．前の主宰あるいは代表、発行人の妻あるいは夫であった	5.7	2.1
2．前の主宰あるいは代表、発行人の子どもであった	5.7	12.1
3．前の主宰あるいは代表、発行人の親類であった	0.0	3.6
4．前の主宰あるいは代表、発行人の弟子（教えを受けた人）であった	47.1	50.0
5．前の主宰あるいは代表、発行人と特別な関係はない	31.8	24.3
6．その他	9.6	7.9

SQ2　同人（選をへずに、結社誌に短歌・俳句が掲載される人）についておたずねします。同人（準同人などもふくむ）の人数はどれくらいですか

	短歌結社	俳句結社
1. 5 人以内	9.8	6.9
2. 6~10 人	12.3	5.2
3. 11~15 人	11.0	8.2
4. 16~20 人	11.7	7.3
5. 21 人 ~25 人	4.9	7.3
6. 26 人 ~30 人	4.9	5.2

	短歌結社	俳句結社
7.　31~35 人	5.5	7.8
8.　36~40 人	4.3	6.9
9.　41 人 ~45 人	3.1	3.0
10.　46~50 人	4.3	2.6
11.　51 人以上	21.5	32.8

SQ3　同人は、同人と準同人など、2 段階以上に分かれていますか

1.　分かれていない（1 つのグループである）	60.1	56.9
2.　2 段階に分かれている	26.4	30.2
3.　3 段階以上に分かれている	11.0	9.1

SQ4　同人に任期はありますか

1.　任期はある	0.6	0.0
2.　任期はない	93.3	95.3
3.　その他	1.2	0.9

SQ5　編集委員（結社誌の編集に、たずさわる人）についておたずねします。編集委員の人数はどれくらいですか

1.　5 人以内	47.8	64.8
2.　6~10 人	41.3	27.5
3.　11~15 人	7.0	4.1
4.　16~20 人	0.5	0.5
5.　21 人 ~25 人	0.5	0.0
6.　26 人 ~30 人	0.0	0.0
7.　31~35 人	0.5	0.0
8.　36~40 人	0.0	0.0
9.　41 人 ~45 人	0.0	0.5
10.　46~50 人	0.0	0.0
11.　51 人以上	0.5	0.0

SQ6　編集委員に任期はありますか

	短歌結社	俳句結社
1. 任期はある	10.4	7.3
2. 任期はない	85.1	88.1
3. その他	2.0	1.6

選歌・選句についておたずねします

SQ7　毎号会員が投稿できる短歌・俳句の数は

1. 決まっている（　首（句）以内）	78.7	90.4
2. 決まっていない	16.9	6.6
3. その他	1.7	1.8
平均首（句）数	11.4 首	9.1 句

SQ8　毎号の選歌・選句はどのようにしておこなわれていますか

1．選はしない（投稿された短歌・俳句はすべて掲載される）	30.7	14.8
2．一人が選をする	29.7	68.4
3．最初に複数の人が選をし、それを一人が選をする	7.4	2.7
4．最後まで複数の人が選をする（選者を選んで投稿する）	15.2	2.7
5．最後まで複数の人が選をする（選者を選ばないで投稿する）	10.8	3.6
6．その他	3.4	4.5

SQ9　毎号の選歌・選句にたずさわる人はどれくらいですか

1. 5 人以内	60.9	71.4
2. 6~10 人	25.2	3.6
3. 11~15 人	5.2	0.9
4. 16~20 人	0.0	0.0

	短歌結社	俳句結社
5. 21人~25人	0.0	0.9
6. 26人~30人	0.9	0.0
7. 31~35人	0.0	0.0
8. 36~40人	0.0	0.9
9. 41人~45人	0.0	0.0
10. 46~50人	0.0	0.0
11. 51人以上	0.9	1.8

SQ10　選歌・選句委員に任期はありますか

1. 任期はある	7.8	3.6
2. 任期はない	86.1	83.9
3. その他	1.7	1.8

SQ11　貴結社では、編集の方針、同人・編集委員・選歌（句）委員の選抜など、重要な方針をどのようにして決めていますか

1．編集委員などが話し合って、多数決で決める	13.5	9.3
2．編集委員などが話し合って決める	39.9	24.1
3．編集委員などが話し合うが、最終的には一人が決める	30.1	45.8
4．その他	10.5	14.8

質問14－1　貴結社には、次のようなものがありますか

1. 全国大会	36.1	38.0
2. 結社賞	31.8	48.5
3. 結社叢書	36.5	25.3
4. 創立者についての継続した研究	13.5	7.2
5. 支部での歌会・句会	61.8	63.0
6. ホームページ	8.4	9.3
7. インターネット歌会	1.4	1.8
8. 短歌結社は俳句の、俳句結社は短歌の紹介欄	4.1	3.6

SQ1（「5 支部での歌会・句会」がある結社へ）
それはいくつありますか

	短歌結社	俳句結社
1. 1~5	53.0	35.4
2. 6~10	24.9	25.8
3. 11~15	7.2	15.3
4. 16~20	5.5	7.2
5. 21 以上	9.4	16.3

質問 14 － 2　その他に貴結社の誌面、運営上でユニークな工夫、企画等があればお聞かせください

貴結社の会員についておたずねします。もっともあてはまる所に○をつけてください。

質問 15　結社の行事や会員の出版記念会などでは協力しあう

1. とてもそう	55.7	60.2
2. ややそう	28.4	24.4
3. どちらでもない	2.7	3.9
4. あまりそうでない	3.0	2.4
5. ぜんぜんそうでない	3.0	3.0

質問 16　結婚式への参列など、プライベートなつきあいがある

1. とてもそう	4.7	3.0
2. ややそう	17.9	19.9
3. どちらでもない	13.5	22.3
4. あまりそうでない	29.4	23.8
5. ぜんぜんそうでない	25.7	24.1

質問 17　作品以外にも結社内での年数が評価される

1. とてもそう	3.0	3.0
2. ややそう	22.6	18.7

	短歌結社	俳句結社
3. どちらでもない	12.5	17.5
4. あまりそうでない	26.7	27.4
5. ぜんぜんそうでない	28.0	27.4

III　最後に一般的な結社などについてのご意見をお聞きします。

質問 18　結社にとってすぐれた歌人・俳人を育てることは大切である

1. とてもそう	55.7	68.7
2. ややそう	24.3	17.5
3. どちらでもない	9.1	6.0
4. あまりそうでない	3.0	2.4
5. ぜんぜんそうでない	2.7	0.9

質問 19　結社内で会員どうしが、雑誌を出したりするのはかまわないと思う

1. とてもそう	34.8	34.0
2. ややそう	18.6	15.1
3. どちらでもない	22.3	25.6
4. あまりそうでない	6.8	11.4
5. ぜんぜんそうでない	8.4	6.6

質問 20　結社の会員が他の結社の会員と、雑誌を出したりするのはかまわないと思う

1. とてもそう	32.1	26.8
2. ややそう	18.9	17.5
3. どちらでもない	22.6	28.9
4. あまりそうでない	11.5	11.4
5. ぜんぜんそうでない	7.1	7.8

質問 21　2つ以上の結社に加入することはかまわないと思う

1. とてもそう	33.8	33.7

	短歌結社	俳句結社
2. ややそう	22.3	24.4
3. どちらでもない	18.6	23.8
4. あまりそうでない	13.9	9.0
5. ぜんぜんそうでない	4.7	4.8

質問 22　結社にとって多くの人に短歌・俳句を広めることは大切である

1. とてもそう	60.8	68.1
2. ややそう	22.0	16.6
3. どちらでもない	6.4	9.0
4. あまりそうでない	3.0	2.1
5. ぜんぜんそうでない	3.0	0.3

質問 23　結社は今後、盛んになると思う

1. とてもそう	5.4	7.8
2. ややそう	15.5	23.5
3. どちらでもない	29.4	35.8
4. あまりそうでない	37.8	24.1
5. ぜんぜんそうでない	6.8	2.1

質問 24　インターネットの普及は結社にどのような影響を与えると思いますか、またその理由もお聞かせ下さい

1. プラスになる	8.4	9.9
2. ややプラスに	13.2	14.8
3. どちらでもない	56.1	52.7
4. ややマイナスに	6.1	5.7
5. マイナスになる	3.4	6.3

質問 25　結社の良い点（存在する理由）はどのようなものでしょうか。

質問 26　それでは結社の悪い点（問題点）とはどのようなものでしょうか。

質問27　最後に結社、短歌、俳句の現在や、将来についてのご意見をお聞かせ下さい

結社

短歌（俳句結社の方も、ぜひお書き下さい）

俳句（短歌結社の方も、ぜひお書き下さい）

よろしければ結社名をお書きください

お忙しいところを長時間ご協力いただき、たいへん有り難うございました。

II部　短歌論

一章　代表作とは何か――選ぶ主体・根拠・特性という論点

一節　代表歌論の三つの論点

一　代表歌とは何か

「現代短歌雁」で[一]三回にわたり、連載総特集「私の代表歌」が連載された。そこではまず[二]菱川善夫が「秀歌、必ずしも代表歌にあらず」として代表歌論を展開している。菱川は「作者は忘れても、読者に記憶されるのが秀歌」であり、「よみ人知らずにたどりつくのが秀歌の理想」であるとしている。それに対して「代表歌にとって重要なのは、うまさではなく、歌人としての存在理由」であり、「孤独なる閃光」のような「作品の文学史的意義」こそ重要である、としている。

また佐佐木幸綱、高野公彦、小高賢、小池光は、「代表歌とは何か」について[三]座談会をおこなっている。そこではまず佐佐木が、愛唱性、作者がどう思っていたか、読者の作者に対するイメージ、という問題を提起をしている。そして小高は代表歌には終戦後の近藤芳美のように時代に押し上げられた歌があることを言い、さらに佐佐木は代表歌における劇的な何かと普遍性の必要性を言及している。また小池は石川啄木を例に、代表歌が作者の人間や人生と切り結ぶ点をのべている。

二　選ぶ主体、根拠、特性という論点

こうしてみると代表作に関する、いくつかの異なる論点があることに気づく。それをまとめてみると、次のようになるだろう。

（一）選ぶ主体　作者か——読者か
（二）選ぶ根拠　作者（の人生）か——文学史（的意義、時代）か
（三）選ぶ特性　愛唱性（普遍性）か——劇性（孤独なる閃光）か

もちろんあらゆる尺度がそうであるように、これも相対的なものである。たとえば（一）選ぶ主体でさえ、「雁」に連載された「私の代表歌」のなかには、評論等で大きく取り上げられたから代表歌にしたと考えられる、読者の意見を取りいれた代表歌が散見する。また（二）選ぶ根拠、（三）選ぶ特性も、そもそも作者の人生を文学史に刻みつけ、愛唱性と劇性を兼ねそなえた作品こそ理想の代表作といえる。しかしたとえば菱川が前川佐美雄の歌を、（一）評論家としての読者の立場から、（二）文学史的意義に基づき、（三）孤独なる閃光としての歌を選んでいることから示されるよ

うに、これらは代表作に関する重要な論点として存在する。

二節「私の代表歌」を分析する

さてこのような論は、具体的な分析に入っていく必要があると思うので、ここで「私の代表歌」からいくつかの作品を取り上げて分析していくことにしたい。なおこの場合（一）選ぶ主体は、当然ながら作者が選んだ代表作を一読者である私が分析する、ということになる。したがって主に、（二）選ぶ根拠、（三）選ぶ特性について論じていくことにしたい。

一　（二）文学史を根拠に、（三）愛唱性か――劇性か……奥村晃作

[四]奥村晃作は、代表歌として次の歌を選んでいる。

　どこまでが空かと思い　結局は　地上スレスレまで空である　『キケンの水位』

ところで奥村は、十五[五]年前は次の歌を代表歌として選んでいる。

次々に走り過ぎ行く自動車の運転する人みな前を向く　『三齢幼虫』

ボールペンはミツビシがよくミツビシのボールペン買ひに文具店に行く　『鴇色の足』

特に〈ボールペンは―〉はさまざまな場で引用され、一般には奥村の代表歌といわれている。しかし私は〈ボールペンはミツビシがよく〉の二句目までと〈ミツビシのボールペン買ひに文具店に行く〉の三句目以下との関係にそれほどのインパクトを感じることができず、奥村にはもっと良い歌があると思っていた。

それに対して〈どこまでが―〉は、〈どこまでが空かと思い〉という二句目までの問いと、〈結局は　地上スレスレまで空である〉という三句目以下の答えに独特のおかしみがあると思う。なお〈次々に―〉も良い歌だが、やはり〈どこまでが―〉の方がインパクトがあるように思う。これらの三首はともに、特別の技法をもちいずに心情を直叙する「ただごと歌」として文学史のなかに位置づくと思う。そして愛唱性があるであろう〈ボールペンは―〉よりも、劇性がある〈どこまでが―〉の方が、奥村の代表歌としてふさわしいと思う。

二　（二）作者を根拠に、（三）どの歌に愛唱性、劇性があるか……佐伯裕子

（六）佐伯裕子は、代表歌として次の歌を選んでいる。

祖父《おおちち》の処刑のあした酔いしれて柘榴のごとく父はありたり

『未完の手紙』

佐伯の祖父土肥原賢二は昭和二三年、A級戦犯として処刑された。このことについては佐伯自身がさまざまな歌、文章でも触れており、この歌は、そのような佐伯の作者（の人生）を根拠に選ばれた歌であろう。確かにこの歌はそのような〈祖父《おおちち》〉、さらにそれを、子としての父に焦点をあてて詠んだ良い歌であると思う。ただそのような背景を知らないと、一首としては〈処刑〉、〈柘榴のごとく〉という言葉が読者に強く働きすぎるように思う。

そこで私は、佐伯という作者の人生はかなり特徴的であるので、同じように作者（の人生）を根拠に、次の歌を代表歌として選びたい。

くびられし祖父よ菜の花は好きですか網戸を透きて没《い》り陽おわりぬ

『春の旋律』

この歌は〈くび（縊）られし祖父よ〉により、祖父が絞首刑に処された、ということがより具体的に伝わってくる。〈菜の花は好きですか〉という呼びかけも、祖父が処刑された時に未だ幼児だった佐伯にふさわしいと思う。また下の句〈網戸を透きて没《い》り陽おわりぬ〉も、直接には現在の情景だろうが、獄中にいた祖父の情景のメタファーとして読むこともできる。そして〈祖父《おおちち》の――〉よりも劇性とともに愛唱性もあるのではないかと思う。佐伯は第一歌集のこの歌よりも、ある年齢に達して(七)父親についてもいろいろと考えるようになって〈祖父《おおちち》の—〉を代表歌として選んだと想像するが、一読者としての私は、以上のような理由から〈くびられし—〉の方を佐伯の代表歌として選びたいのである。

三 (二) 作者か——文学史か、(三) どの歌に、より劇性があるか……佐佐木幸綱

佐佐木幸綱は現在でも多方面で活躍しているので、その文学史的意義を特定化することは難しい。周知のように父親の急死と六〇年安保闘争をきっかけとして作歌を本格的に始めたが、それだけにとどまらず、男歌、信綱—治綱—幸綱と続く家、万葉集等古典との関係、昭和などの時代との関係など、さまざまなテーマが浮かんでくる。またこのようなさまざまなテーマとの関係のなかで、一人称の「われ」にこだわって歌い続けることこそ究極の佐佐木のテーマだとも思う。その佐佐木は代表歌として、次の歌を選んでいる。

父として幼き者は見上げ居りねがわくは金色《こんじき》の獅子とうつれよ　『金色の獅子』

座談会では「父親と息子の関係」に言及しており、家は文学史のテーマとなるが、この歌は文学

史（的意義）よりも子への問いかけという作者（の人生）を根拠に選んでいるように思う。しかし私は一読者として、文学史（的意義）から次の歌を佐佐木幸綱の代表歌に選びたい。

竹に降る雨むらぎもの心冴えてながく勇気を思いいしなり　『直立せよ一行の詩』

まず何といっても〈勇気〉を直接うたっているところに、男歌の系譜を感じさせる。また〈むらぎもの〉という古典の枕詞の使用も佐佐木にふさわしいと思う。さらに〈むらぎも（群肝）の心〉による身体と心の関係づけ、〈竹に降る雨〉、〈思いい（居）しなり〉という緻密な言葉の選択により、この一首から一人の「われ（男）」が立ち現れてくる。以上の理由により、私は〈父として―〉よりも〈竹に降る―〉の方が劇性があると考え、佐佐木の代表歌として選びたいのである。

おわりに・代表作を選ぶということ

以上のように代表作論を整理し、選ぶ主体、根拠、特性という論点を示した。なお本章では短歌のみをあつかったが、この論点は俳句などにもあてはまる、と思う。また私なりに何人かの歌人の代表作を考えてみたが、私の場合は（二）文学史を根拠に、（三）劇性という特性で選ぶ傾向があると思う。なお作者が選ぶ場合は、（二）選ぶ根拠は、自分を文学史のなかで位置づけるのはなかなか難しいので、作者（の人生）を根拠に選ぶ傾向があるのではないかと思う。佐佐木は座談会で「自分の代表作は自分で作れ」と言い、藤田湘子、三橋敏雄も「代表句をもて」（八）と言っている。読者にとっても、ある作者の代表作を選び、作者や他の読者のそれと対比させるのは重要なことだ、とあらためて思った。

注および引用文献

（一）「現代短歌雁」雁書館、五五号（二〇〇三年）、五六号（同上）、五七号（二〇〇四年）。
（二）同右　五五号。
（三）同右。
（四）同右。
（五）「[特集]代表作とは何か」「短歌往来」一九八九年七月号。
（六）「現代短歌雁」五六号。
（七）佐伯裕子「墓石とワインボトル」『影たちの棲む国』北冬舍、一九九八年。
（八）藤田湘子・三橋敏雄「対談　代表句をもとう!!」「俳句研究」二〇〇一年七月号。

二章　短歌とイデオロギー――フェミニズムを例にして

一節　短歌とフェミニズム批評

論者により多少異なるが、「フェミニズム批評」(一)とは、フェミニズムの視点による文芸の批評をさす。それは文芸（史）を社会的歴史的視野の中からとらえ直すことをめざし、理論的背景としては、言語学、マルクス主義、構造主義などさまざまなものがある。一九六〇年代末に始まり、（文芸史に埋もれていた）女性の作者の「再発見」から、男性の眼差し、視点による（と考えられる）読むこと書くこと等の、理論的前提の修正＝見直し（revision）、マイノリティとの関係の分析などがおこなわれている。

そして近年短歌の世界でも、フェミニズムの視点からの問題提起がおこなわれている。たとえば「シリーズ　８０年代女歌の検証」(二)では、座談会をふくむ五ヶ月間の特集で、八〇年代から現在までの女歌の問題をあつかっている。また「ナショナリズム・短歌・女性性」と題したシンポジウム（「あまだむ」創刊10周年記念　〇一年十月二十日）が、阿木津英、岡井隆等の歌人の他に、上野千鶴子、千野香織等の研究者を交えておこなわれた。また『扉を開く女たち──ジェンダーからみた短歌史　1945─1953』という本も出版され、ジェンダーの視点からの短歌史批判がおこなわれている。[三]

二節　フェミニズム批評からの論点群

それではこのフェミニズム批評との関係から、短歌にとってどのような論点が浮上してくるのだろうか？　まず二点に整理して、考察していくことにしたい。

一　女歌《おんなうた》と女性の関係

周知のように短歌史においては、女歌を特徴的なものとしてとりあげ、さまざまに論じてきた歴史がある。たとえば紀貫之は『古今集』の序で小野小町の歌を評し、「あはれなるやうにて、つよからず。いはば、よき女のなやめるところあるに似たり。つよからぬは女の歌なればなるべし」としている。また近代になると一九五〇年代に折口信夫は、[四]「あれほど、奈良以前にも、平安朝にも、其から鎌倉初期にも、盛んであつた女流の歌が、なぜ今日のしぼんだ花の様なありさまになつてしまつたか」と問題を提起し、当時の女流の歌の閉塞状況を嘆いている。

このような歴史をへて、最近刊行された辞書では女歌について次のように書かれている。『岩波現代短歌辞典』（一九九九年）では、折口が「〈ろまんちつくでせんちめんたる〉な歌の艶こそ女歌の魅力であり、自在に言葉を流して魂を据えるという、女特有の認識発想表現の史的根拠と価値」を示した、としている。また『現代短歌大事典』（三省堂、二〇〇〇年）では女歌について、「広義には女性の詠んだ歌、狭義には女性ということに目覚めた内容の歌」と定義している。

しかしこのような女歌の存在は、フェミニズムの立場から、女性本質主義（女性は「本質的に」女歌をつくる、という考え）と批判される場合がある。たとえば阿木津英[五]は、「80年代女歌の検証」の座談会で、「母性主義と女性性（わたしのことばでいえば女性本質主義ですが）、私は両方を批判する立場」と言っている。

しかし、今後新しい文献が発掘されて「女歌」という概念が変わる可能性がないとはいえないが、少なくても現在までの歴史的過程で、（男性よりも）女性が「女歌（と言われるもの）」を読んできた事実は否定できないのではないだろうか？　もちろん私も女性だから「女歌」を歌うべきだとは思わないし、「女歌」を歌うか歌わないかは個人の選択の問題だと思う。したがって逆に言えば男性でも、「女歌」を歌っても良いと思う。しかし個人の集合体としてのある集団（女性、ある民族など）が、歴史的過程である文化（女歌、民族音楽など）と結び付いていることを言及するのは、必ず差別や偏見につながる問題なのだろうか？　個人と同様に集団にもその個性があるだろうし、それを認めることがすべて平等に反するとは思われない。むしろさまざまなヴァナキュラー[六]（自生的）な存在を認めることによって、画一的でない世界が広がる可能性があるのではないかと思う。

二　短歌とイデオロギーの三つの論点

次に短歌とイデオロギーの関係について考えていきたい。この問題については、かつては短歌と社会主義との関係についての、プロレタリア短歌[七]に関する論争などがあった。そして現在は、フェミニズムとの関係で次の三つの論点群が浮上してくる、と考えられる。

（一）短歌とイデオロギーの領域の明確化

まず近年は、フェミニズムについての、「イデオロギー読み」への批判がある。たとえば河野裕子[八]は

しつかりと飯を食はせて陽にあてしふとんにくるみて寝かす仕合せ

という自作について次のようにいう。家事もけっこう楽しいしという肯定的な気分で出てきた表現なのかもしれないが、フェミニズムの視点から批判される。しかし自分は、「イズムのために、（中略）短歌は作っていない」、「表現者であるときの私が集中してみつめているのは（中略）自分というわけのわからない混沌であり、未知の自分」である。また、

佐野朋子のばかころしたろと思ひつつ教室へ行きしが佐野朋子をらず

小池　光『日々の思い出』

という歌について、[九]「『ころしたろ』という人間否定の思想」という批評がある。しかし差別用語と同様に言葉の使われた場や文脈が問題なのであり、このような「イデオロギー読み、イズム読みは、歌をやせさせてしまうのである」と結論づけている。

この河野の論は、もう十年以上前のものであるが、歌人が日ごろ感じていることを整理しているという点で重要といえよう。そしてさらに論点を整理していくと、まず歌の詠みの問題として、「自分というわけのわからない混沌であり、未知の自分」をみつめるということは、河野の場合特にこのような傾向が強いのだろうが、スローガン的な歌をつくらないようにする点において、共感できる。ただ読みの問題については、河野の自作と、小池作はやや問題が違うように思った。すな

わち河野作は、生活を一首で歌うユーモアも特徴になっているだろうが、主婦業の〈仕合せ〉を詠んでいる。したがってそれに対してフェミニズムの立場からの批判はあり得ると思う。それに対して小池作は、教師の日常のぼやきが中心であり、〈ころしたろ〉も「殺してやる」でないことからわかるように、職員室から教室まで行く時間に浮かんでくるようなつぶやきなのである。したがってこれを「人間否定の思想」と批判するのは、一首の読みとしてかなり問題がある、といえよう。

ところでイデオロギー（ideology）とは、「人間[一〇]・自然・社会についての一貫性と論理性をもった表象と主張の体系」をいう。そしてイデオロギーにはもともと説明力の限界があり、現実に対する説明力が百％でも〇％でもない。たとえば、かつてマルクスは「存在が意識を決定する」というイデオロギーを示したが、現在でもある職業に就いているという職業階層と、政治意識などとの対応は〇％ではないのである。したがって、前述した河野作はフェミニズムの立場にたてば批判できる部分がある、しかし小池作は「人間否定の思想」として批判するのはかなり不適切である、というように、一つ、一つの作品に対し、イデオロギー(政治)の領域（からの読み）と、短歌（文化）の領域（からの読み）を明確化していけば、問題はかなり解消される、と思うのである。

（二）短歌とイデオロギーの相互作用

ところでイデオロギーと短歌の関係からくる問題は、これだけにとどまらない。次にイデオロギーと短歌の相互作用の問題を、フェミニズムではあまり適切な例がないので、それ以外を例として考えていくことにしたい。次の歌をみていただきたい。

眼下《まなした》のはろかに今や敵基地の草原青く渦巻《うづま》くばかり

この歌は落下傘の歌で、下の句に臨場感が感じられる。そして戦争ゲームでの、敵基地の攻略の場面を詠んだ歌で、なかなか良い歌だと思うがどうだろうか？

実はこの歌は戦争ゲームの歌ではなくて、本物の戦争を詠んだ前川佐美雄『日本し美し』（一九四三年）の歌である。ウソを書いて申し訳ないが、社会心理学の実験でも異なる条件下での心理を比較するものがあるのでお許しいただきたい。この歌は太平洋戦争中の一九四二年の歌で、「二月十四日新鋭陸軍落下傘部隊スマトラ島バレンバンに奇襲降下す」という詞書《ことばがき》がある。

ところでこのような情報を得た上であらためてこの歌を鑑賞すると、歌への評価は変わっただろうか？　特に太平洋戦争を否定する「イデオロギー」を持つ人は、落下傘降下の臨場感だけでなく、その後の戦闘や住民への被害などを思って歌の評価が下がる場合があるのではないかと思う。また逆に、太平洋戦争を肯定する「イデオロギー」を持つ人は、それによって歌の評価が上がる場合があるかもしれない。

このように落下傘降下の場面をうまく詠んでいるかという短歌の問題と、詠まれている場面としての太平洋戦争をどう評価するかという政治の問題で、[一一]相互作用が起こる場合があるのではないかと思う。

（三）短歌とイデオロギーの最終的な対立

それでは最後に、短歌とイデオロギーが対立する関係をみることにしたい。

まつ白きさくらよさくら女子《をみなご》も卵もむかし贈り物なり

米川千嘉子『たましひに着る服なくて』

[一二]川野里子はこの歌について、〈女子《をみなご》〉も〈卵〉も昔は贈り物であったという女性の歴史のゆがみに対する「怨を艶に変えて」いる、としている。そして文芸にとってジェンダーによる視点は「〈政治的に正当（politically correct）〉に糺《ただ》された視野を目指すものではなく」、そのゆがみから見える「人間や社会や言葉の複雑な面白さ」や「その襞《ひだ》にしまわれた感情」を語るものであるはずだ、と主張している。

確かに女性を贈与の対象とするような歴史は否定されるべきである。私はそのようなイデオロギーに立つ。しかし米川の歌はそれだけでなく、卵と、淡紅色でない〈まつ白きさくらよさくら〉という言葉の選択によって、〈女子〉の哀しみと危機的な美を表現していると思う。そして私は、このような短歌（文学）の価値を否定することができない。これは微妙な問題で、私は川野のように「〈政治的に正当〉に糺された視野を目指すものではなく」と言い切る立場ともやや異なるのだが、日常に着目して差別を糺そうとする政治的正当性（political correctness）の視点も、文学の視点とは最終的には異なるものだと思う。

三節　短歌とイデオロギーのせめぎ合いの中から

このように本章では、イデオロギーと短歌の関係をフェミニズムを例にしてみた。現在のさまざまなジャンルがオタク化しているなかで、フェミニズムなどの他領域からの視点、批判は重要であると思う。そこで一つ、一つの作品を分析し、イデオロギー（政治）から問題にできる領域（イデオロギー（政治）の視点からの読み）、短歌（文化）鑑賞から問題にできる領域（短歌（文化）の視点からの読み）を確定していけば、かなり議論が噛み合うようになる、と思う。

その場合フェミニズムの側は、特に前衛短歌以降の現代短歌の詠みと読みについての知識をもっと持って欲しい、と率直に思う。たとえば前述したシンポジウム「ナショナリズム・短歌・女性性」では、フェミニズムの研究者の側から、短歌のナショナリズムをあおる側面や、国民文学としての責任についての発言があった。しかし私は、別に短歌にそのような面が全くないとは言わないが、その発言が社会問題などを積極的に詠み込もうとした昭和三十年代の前衛短歌以降の歴史や、現代短歌のさまざまな歌を十分知った上での発言か疑問に思った。少なくても現在、国民文学として短歌を詠んでいる歌人はほとんどいないのではないかと思う。また短歌の側は、「しろうとの読み」を排除しないことは重要であろう。これは石川啄木、与謝野晶子、俵万智などの歌の、多くの人に愛される愛唱性の問題にも関連するだろう。

またみてきたように短歌（文化）とイデオロギー（政治）は、戦争や社会運動などのさまざまな時代の局面で相互作用する場合があるだろう。

またその上で、短歌（文化）とイデオロギー（政治）は、対立する場合があるだろう。根本的に短歌（文学）は、混沌のなかからうたう「何でもあり」のものであり、そこからの視点と、一貫性と論理性を持ったイデオロギーの視点は究極的にはやはり異なるのである。これはフェミニズムだけでない他の文化と政治の関係の問題、そして差別の問題とも関連するだろう。真善美という言葉があるが、ある視点からの善（正しいこと）と、文学の美的価値は究極的には同じではないのである。そして戦後、短歌や俳句を第二芸術として批判した第二芸術論に対して前衛短歌が起こったように、このようなフェミニズムなどとのせめぎ合いこそ短歌を豊饒にするものであると信じたい。

注および引用文献

（一）たとえば、以下の文献などを参照。下河辺・篠目編『よびかわすフェミニズム——フェミニズム文学批評とアメリカ』英潮社新社、一九九〇年、鈴木・千野・馬淵編『美術とジェンダ——非対称の視線』星雲社、一九九七年、E・ショウォールター編、青山誠子訳『新フェミニズム批評』岩波書店、一九九九年。

（二）「歌壇」本阿弥書店、二〇〇〇年八—十二月号。

（三）阿木津・内野・小林『扉を開く女たち——ジェンダーからみた短歌史　１９４５—１９５３』砂子屋書房、二〇〇一年。

（四）折口信夫「女流の歌を閉塞したもの」「短歌研究」一九五一年一月号。

（五）「歌壇」二〇〇〇年八月号。

（六）I・イリイチ、玉野井芳郎訳『ジェンダー』岩波現代選書、一九八四年。

（七）たとえば次の文献を参照、篠弘『近代短歌論争史——昭和編』一九八一年、角川書店。

（八）河野裕子「イデオロギー読みイズム読み」『体あたり現代短歌』本阿弥書店、一九九一年。

（九）「時評」「短詩型文学」一九八九年九月。

（一〇）『社会学小辞典』有斐閣、一九九七年。

（一一）なお戦争中の「戦意高揚歌」などは、短歌からイデオロギーへという、逆方向の作用として考えることができる。

（一二）川野里子「文芸とフェミニズム」『未知の言葉であるために』砂子屋書房、二〇〇二年。

三章　格闘技をうたう歌

一節　相撲を詠んだ短歌と俳句

格闘は人間にとって原初的な行為であるから、格闘技の歴史も人間の歴史と共にある、といっていいだろう。たとえば『日本書紀』をみても、そこには野見宿禰《のみのすくね》と当麻蹶速《たいまのけはや》の最初の相撲の伝承が記されている。

そしてこの相撲が、最も多く詠まれた格闘技であろう。たとえば斎藤茂吉は、次のような相撲の歌を詠んでいる。

断間《たえま》なく動悸《どうき》してわれは出羽ヶ嶽の相撲《すまう》に負くるありさまを見つ　『暁紅』

ここでなぜ茂吉が〈断間《たえま》なく動悸《どうき》して〉いたかというと、出羽ヶ嶽は斎藤家の一族の養子となり面倒をみていたからである。また戦後は、たとえば次のような女性歌人の相撲の歌がある。

相撲《あひう》つに纏ふ衣《い》はなく恥づかしき肉をかむりて出づるほかなし　蒔田　さくら子『鱗翅目』

旭鷲山奇手ずぶねりを決めたるはモンゴルに浮く雲のはるけさ　池田　はるみ『妣が国大阪』

蒔田作は格闘技がセックスのように裸に近い状態でおこなわれていることをあらためて気付かせてくれる。また力士の格闘のために異様につくりあげられた肉体を、〈恥づかしき肉をかむりて〉とうたっているところがおもしろい。池田作の〈旭鷲山〉はモンゴル出身の力士。〈ずぶねり〉とは「頭《ず》ひねり」がなまった、頭を中心にしてひねる技らしい。その固有名詞のおもしろさが歌の中で生きており、また技のめずらしさを〈モンゴルに浮く雲のはるけさ〉とうたっている。

なお俳句では、相撲が宮中の相撲節会《すまいせちえ》にもとづき秋（八月）の季語になっている。そしてたとえば江戸時代から現代まで、次のような相撲を詠んだ俳句がある。

飛入《とびいり》の力者《りきし》あやしき角力かな　与謝　蕪村

相撲取のおとがひ長く老いにけり　村上　鬼城

朝潮がどっと負けます曼珠沙華　　坪内　稔典

二句目の〈おとがひ〉とは下アゴのこと、また三句目の坪内作は現代の句で、朝潮の巨体に〈どっと負けます〉がよく似合っている。

二節　戦前の格闘技をうたった作品

さて近代化とともに、日本にも近代スポーツとしての格闘技が紹介されていった。そのなかでボクシングが正式に日本に誕生したのは、アメリカでライト級選手として活躍した渡辺勇次郎が一九二一年に日本拳闘倶楽部を発足した時である。またプロレスが正式に日本に誕生したのは、相撲を廃業した力道山が一九五一年にB・ブラウンズと十分一本勝負をおこなった時である。

ただそれではそれ以前に日本人がボクシングやプロレスを全く知らなかったかというとそうでもなく、ニュース映画や単発的な興行として紹介されていたようである。それはたとえば、次のような有名な歌人の歌にもみることができる。

ゴリアテに似たらむロペツが起《お》き得ざるざまを世の少女《をとめ》らは楽《たの》しむらしも

拳闘　　斉藤　茂吉『暁紅』一九四〇年

日比谷公会堂の一夜

直突《ストレート》だ、空撃《ミッス》だ、鈎突《フック》だ、ボビイの顎が右から左から撃ちひしがれて——鐘《ゴング》！

前田　夕暮『青樫は歌ふ』一九四〇年

審判が9《ナイン》と手をうちおろす瞬間、猛然として起ちあがる闘士ボビイ

レスリングを観る

息つまるヘツドロツク、はつと思ふまにどたりといふマツトのひびきだ

じりじり、両足で締めつける物凄い静けさのなかで、誰かがごくりと唾をのむ

茂吉作は実際のプロレスではなく、ニュース映画を観に行った時の歌らしい。日記に「レスリングノ残酷ヲミテ動悸シテ苦シム」とある。なお〈ゴリアテ〉は旧約聖書にあるダビデに殺された巨人のこと、そしてこの歌は〈少女《をとめ》らは楽《たの》しむらしも〉とむしろ観衆に着目してうたっている。

夕暮作の一首目、二首目は日比谷公会堂でおこなわれたボクシングの興行のようだ。一首目の〈——鐘《ゴング》！〉、二首目の〈9《ナイン》と手をうちおろす瞬間〉など臨場感が伝わってくる。また〈直突《ストレート》だ、空撃《ミッス》だ、鈎突《フック》だ〉とうたっているあたり、夕暮はかなりのボクシング通のようである。

そして三首目、四首目は、力道山以前の貴重な日本のプロレスの記録である。三首目はヘッドロックから〈どたり〉と首投げをうち、四首目は倒れている相手を両足で胴締めにしているらしい。これはテレビ中継以前のプロレスはロープをほとんど使わず、何時間もヘッドロックや胴締めを掛け合っていたというプロレス史の知見とも合致している。

三節　戦後の格闘技をさまざまにうたった作品

さて戦後の格闘技は、前述したボクシング、プロレスが広がり、また昔からの柔道、空手などさまざまな格闘技が存在している。これらの格闘技をうたった作品を、いくつかに分けてみていくことにしたい。

一　観るスポーツとしての格闘技

まず人々の格闘技への接し方としては、やはり観るスポーツとしてが一番多いだろう。

ロープ際の魔術師さわれ幾たびか追われ必死に放ちしフック

福島　泰樹『続　中也断唱［坊や］』

男とは戦車・弾丸この夜更け頭突のブッチャー骨きしまする　　時田　則雄『緑野疾走』

日本のボクシングの全盛期は、やはりファイティング原田、海老原博幸等が活躍していた時代だろうか？　そのころに青春を送った福島泰樹、後述する佐佐木幸綱等は、やはりボクシングに思いを込めてうたっている。

またプロレスの全盛期は、力道山から馬場・猪木時代までだろう。そのころのプロレスには、外人《ガイジン》レスラーは欠かせない存在であった。時田作では呪術師アブドラ・ザ・〈ブッチャー〉が詠み込まれている。また観るスポーツとしての格闘技をうたう場合は、前述した夕暮もそうだが〈鉤突《フック》〉、〈頭突〉等の技をクローズアップするなどをし、臨場感を伝えることが大切なのではないかと思う。

なお最後に、若い作者の柔道をうたった歌を紹介したい。

たくさんの眼がみつめいる空間を静かにうごく柔道着の群れ　　小島　なお『乱反射』

この歌も観るスポーツとしての格闘技をうたっていると思うが、〈柔道着の群れ〉とともに観衆の〈たくさんの眼〉もうたう対象となっていることに注目したい。茂吉の〈少女《をとめ》らは楽《たの》しむらしも〉のように、観衆に着目して詠んだ歌も観るスポーツとしての格闘技の歌としておもしろいと思う。

二　やるスポーツとしての格闘技

なお少数ではあるが格闘技好きが高じ、自らがやるスポーツとしての格闘技をうたう歌人もいる。

サンド・バッグに力はすべてたたきつけ疲れたり明日のために眠らん
佐佐木　幸綱　合同歌集『緑晶』

酢のごとき胃液をこらえ三分の永きをロープ際に耐えおり
谷岡　亜紀『臨界』

佐佐木作ではジムでボクシングのトレーニングをしていた頃の体験がうたわれている。また谷岡作は「30歳にしてボクシングを始めた。」という詞書《ことばがき》があり、スパーリングの体験をうたっている。やはりこのようにやるスポーツとしての格闘技をうたう場合、自身の体験を〈疲れたり〉、〈酢のごとき胃液〉などの体性感覚で表現していくことが大切なのではないかと思う。

三　文化としての格闘技

また最後に格闘技のうたい方として、一、二とも関係しながら、文化としての格闘技のうたい方もあげられる、と思う。

ああ夕陽　あしたのジョーの明日《あした》さえすでにはるけき昨日《きのう》とならば
藤原　龍一郎『夢みる頃を過ぎても』

青蟬《せいせん》はかたみにとほく鳴くつゆの世にレスラーのしたたる衄血《はなぢ》
塚本　邦雄『感幻樂』

トルコ原産金胡麻搾り工場の男らはグレコロマン・レスラー
和田　大象『禊ぞ夏の』

ハーアー四角四面のリングの上の女子プロレスを見むと出で来つ
狩野　一男『生きにゆく』

藤原作はアニメではあるが、〈あしたのジョー〉が時代を測る文化現象としてうたわれている。また塚本作は〈青蟬《せいせん》はかたみに（互に＝かわるがわる）とほく鳴く〉遠い世界に対して、この梅雨の世のどうしようもなさを〈レスラーのしたたる衄血《はなぢ》〉が象徴してうたっている、と思う。

和田作は〈トルコ原産金胡麻搾り工場の男〉をあらわすものとして、レスリングの盛んなトルコ、相手の体を搾り合うようなグレコローマン・レスリング等が共鳴しながら、〈グレコロマン・レスラー〉が効果的に使われている。また狩野作は〈四角四面のリング〉と対比させながら、身体が柔らかくどこかもの哀しい〈女子プロレス〉をうたっている、と思う。このように格闘技を、何かを象徴する一つの文化現象としてうたう歌い方もある、と思う。

なお格闘技の英訳はマーシャルアーツ、格闘の（martial）芸術（arts）であり、格闘技はもともと文化や芸術に深く関わっていた。そして何でもアリのストリートファイトにたいして、そこから生まれた格闘技はルール、技などの定型による美しさがある、と思う。回しやトランクスだけを着けて闘う、土俵やリングの中で闘う、三分闘ったら一分休む、このような現実の格闘にはない型があるからこそ、そこに攻防が生まれ、観衆を感動させるアートが誕生する。スポーツのなかで格闘技にはなぜか現在も偏見があると思うが、歌人たちももっと人間の原初的な行為としての格闘技の芸術性に感応して欲しい、と思う。

四章　時評（二〇〇〇―二〇〇七年）

一節　君が代法制化九ヶ月後に（朝日新聞二〇〇〇年五月十四日）

「短歌往来」二〇〇〇年五月号の特集は「君が代・日の丸のうた（続）」であった。同誌は一九九九年八月の国旗・国歌の法制化の後、十一月号、十二月号もふくめて、計八十九人の歌人にアンケートをおこなっている。これを特に君が代法制化について分類してみると、賛成＝約一・五割、反対＝約六割、その他＝約二・五割の割合であった。五月号からそれぞれの立場からの歌をみてみよう。

目を伏せたる母のかたはらモノクロの機影散りゆくまでを見詰むる　　高島　裕

皇《すめら》をうたひ、母のこと呼ぶそのあはひ　暗黒にして子を放ちたくなし　　辰巳　泰子

情熱の赤をほどこす日の丸の上に重なる無色の感情　　藤森　あゆ美

これらの歌をエッセイとともに鑑賞すると、高島作は、おそらく戦争映画などで日本軍の〈モノクロの機影〉が散ってゆく映像を観たのだろう。そして目を伏せた母のかたわらで、自分は歴史上の「無数の死者たちとの繋がり」を願って散りゆくまでを見詰めた、とうたっていると思う。それに対して辰巳は、天皇（君が代）を歌い、（お母さんと）母のことを呼ぶその間は、暗黒なのでそこに子を放ちたくない、とうたっている。おそらく特攻隊の場面をうたっており、「巨大な制度に吸いこまれてしまう」ような暗黒な不安をうたっている。そして藤森は、「賛成・反対にも属することができない」自分たちの世代の〈無色の感情〉をうたっている。

これらの歌についてあえて言えば、高島には〈目を伏せたる母〉との対比で自分がよくうたわれていると思うが、その自分と戦前の軍国少年との異同もうたって欲しいと思う。また辰巳には、結句の〈子を放ちたくなし〉の言い切りが一首に力を与えていると思うが、今後も自分の子は暗黒へ放ちたくなし、とうたっているだけでよいのか、とも思う。そして藤森には、その〈無色の感情〉の内実こそもっとうたって欲しい、と思うのである。

また同号では吉川宏志が、現在は小林よしのりなどの新保守派に対して、戦後思想の良識が急速に文学としての力を失っている、としている。そして「民衆は善、為政者は悪」等の図式にかかわる、新しい思想詠への希望をのべている。私は吉川の「新保守派」がいまいち理解できずかなり狭義に定義しているようにも思えたが、この苦しげな希望には共感を覚えた。

国旗・国歌に限らず、元号も、そして憲法も、法制化過程での議論以上に、その後の日常を問うことが大切であろう。そこからこそ新しい歌が生まてくる、と思うのである。

二節　二十世紀ベストワンの歌人と歌（朝日新聞二〇〇〇年十二月三日）

二十世紀末の二〇〇〇年は、「短歌研究」十一月号をはじめとして、「歌壇」十二月号、「短歌」一、二月号で、二十世紀を代表する歌に関連する特集が組まれた。これらには選者の重複や、一首単位か歌集単位か、他の時代と共に選歌しているかなどの条件の異同があるが、現在を代表する延べ四十七人の歌人が選んだものを二十世紀という時代区分のなかで整理していけば、そこに何らかの傾向を見出すことができるのではないかと思う。

まず選ばれた歌や歌集を歌人単位で整理し直すと、二十世紀で最も選ばれた歌人は斎藤茂吉で、約八割が選んでいた。茂吉の拠点となった「アララギ」は一九九七年に解散し、写生に対する歌人の意識も大きく変化したと思うが、二十世紀を振り返ってみると歌や評論、そして生き方をふくめてあらためて茂吉が記憶に残る、ということだろうか？　この集計結果に限らず、茂吉はおそらく二十世紀の歌人のなかで最も引用、言及されてきた歌人であろう。なおその他に六割以上が選んだ歌人は北原白秋、与謝野晶子であった。

次に一首単位で選ばれた歌をみると、

君かへす朝の舗石《しきいし》さくさくと雪よ林檎の香のごとくふれ　北原　白秋『桐の花』

が最も多く、約二割が選んでいた。この愛唱性ある、夜を共にした君が帰っていく場面を詠んだ歌が選ばれたことは、あらためて短歌の時代を超えた魅力が確認された思いがした。またその他には、

やは肌のあつき血汐にふれも見でさびしからずや道を説く君　与謝野　晶子『みだれ髪』

白鳥《しらとり》はかなしからずや空の青海のあをにも染まずただよふ　若山　牧水『海の声』

などのやはり愛唱性がある歌、また二十世紀初めの正岡子規の、

いちはつの花咲きいでゝ我目には今年ばかりの春行かんとす　『竹の里歌』

などが上位をしめていた。

なお現存の歌人のなかでは塚本邦雄が最も選ばれ、歌でも、

馬を洗はば馬のたましひ冱ゆるまで人恋はば人あやむるこころ　　塚本　邦雄『感幻樂』

が最も選ばれていたが、全体に票が分かれていた。これはやはり現在に近いほど評価が定まらない、ということだろう。最近は短歌史の見直しがおこなわれているが、二十世紀のなかでの近代短歌と現代短歌の区分についてもまだ定説はない。過去は常に現在に洗われていくが、二十一世紀末には二十世紀の短歌はどのように評価されるのだろうか？

三節　サラダ現象と電脳短歌（朝日新聞二〇〇一年三月四日）

選者との双方向コミュニケーションで作品賞を決定していった「短歌研究臨時増刊　うたう」、インターネットをもちいた歌評などを紹介した教育テレビ「電脳短歌の世界へようこそ」など、新しいメディア状況の中での短歌が注目されてきている。「うたう」から歌をひいてみよう。

南から来た子に夏を教わって缶カラみたいなトンネルで騒ぐ　　盛田　志保子

アンパンマンって、キリストよりもすごいかも　ほんとに顔を食べさすんだよ　新美　亜希子

ところでマスメディアなどで短歌が注目された例としては、もう十四年前に俵万智の『サラダ記念日』がベストセラーになったことがあった。その時も若い作者の歌として注目を集め、従来の短歌と比較してライト・ヴァース（明るい、かるい歌）などど呼ばれた。

このサラダ現象と比較してみると、現在のネット上の歌は共通点も多いが、違いも見られる。まず俵は、現在の日常で使われる口語の歌といわれているが、

我だけを想う男のつまらなさ知りつつ君にそれを望めり　『サラダ記念日』

の〈望めり〉のように、実際は昔の言葉遣いである文語をふくんでいる。それに対して現在のネット上の歌は、ほぼ百パーセント口語のみが使われている。

また俵の歌は恋の歌が非常に多かった。それに対してネット上の歌は、恋の歌も多いが、盛田作のような自分についてうたった歌、新美作のようなウイットをうたった歌も多い。これはネット上に歌を出す場合、すぐに読んでくれる友だちのような読者を想定して、「ここにいるよ」、「こう感じるよ」というように歌をつくる、また恋の歌はちょっと恥ずかしくて控える、という心理が働く

ためではないだろうか？　相対的にではあるが、作者と歌との関係が、文学の作品をつくる、という感じから、誰かへのメール（手紙）を書く、という感じへ移行しているように思える。

俵は「うたう」の座談会で、インターネットのような道具がでてきたことは「なにかよかったなと思う」とのべている。私もこれが現在の歌にとってかわるとは思わないが、一つの波として着目していきたい。

四節　短歌と天皇制議論に思う（「歌壇」二〇〇一年五月号）

内野光子『現代短歌と天皇制』（風媒社）は、図書館に勤務し大学院で学んだ著者が、資料を丹念に集めてさまざまな議論を展開している。そのなかで私は、たとえば占領下での歌や第二芸術論などへの検閲の実態を指摘したところ、側近の日誌を追いながら昭和天皇の短歌がどのようなプロセスで公表されたかを明らかにしたところなどが興味深かった。なお内野の、天皇制だけでなく、マスコミ、企業などの権力と、それに関連する歌人への批判はかなり激しく、この点については細部にわたれば異論もあるところだろう。

ところで本書の中核は、やはり題名にある短歌と天皇制の問題だろう。特に二章では古橋信孝「短歌形式と天皇制」（『短歌と日本人Ⅱ』岩波書店、一九九九年に収録）に対し、批判をおこなっている。古橋の論旨は、「短歌は古代の都市的な感性にふさわしい様式として成立したもので、直接的に天皇制と結びつけて考える必要はない」（古橋前掲論文四ページ）。そして「短歌形式と天皇制は時代ごとの歴史性として明らかにされていくべきこと」（同一二ページ）であり、「近世において成立した古代幻想が、天皇制と短歌形式を結びつけたことが近代に受け継がれた」（同三五ページ）ので、歌人が戦争責任や天皇制を「引き受けねばならないように思うのも、近代に成立したイデオロギーをそのまま受け継いでいるにすぎないのだ」（同上）ということにあると思う。それに対して内野は、数々の勅撰集の問題、そして近代における戦意高揚歌、歌会始などの短歌と天皇制の関係に言及し、「さまざまな場面で短歌と歌人が政治的に利用されてきた事実をどのように説明するのだろうか。その『歴史性』こそが丹念に問われるべきではないか。」（内野前掲書一三二ページ）と反論している。

ここで両者の論の関係に対する全体的な感想を言えば、「現代短歌雁」誌上で昨年来おこなわれている田中綾と古橋との論争も基本的にそうだが、論の対象とそれに関わる論理構成が、両者の間で噛み合っていない、という印象を受けた。まず古橋の論では「歴史性」といった場合、非常にマクロな短歌と天皇制の関係を対象としている。それに対して内野らは、相対的にミクロな、歌をつくる主体としての歌人の側から論を立て、「歴史性」を問題にしている。あまり適切ではないかもしれないが例えを出していえば、現在の経済状況を論じる場合、古橋は不況を近代資本主義の成立などのマクロな「歴史性」から説明しようとしている。そしてある工場群が不況の責任は自分にあると思うのはイデオロギー（虚偽意識）である、という論理展開をしている。したがって、「利用する―利用される」というような価値判断をふくみ、主体の意図によって物事を説明しようとする主意主義的な解釈は、極力避けようとするのである。それに対して内野らは、基本的によりミクロな、製品を作る工場の側から「歴史性」を問題にし、論理を展開している。そして、やはり不況との関係のなかで製品を吟味し、債務をどうするか考え続けなければならない、と主張しているわけである。両者の論は、細部を検討するとお互いの論に分け入った展開も見られるが、少なくても論理の対象とそこから来る論理展開の基本的な違いをもう少し認め合った方が、発展性がある議論になるのではないか、と思う。

その点では、古橋の「今、それぞれが切実な問題を」（「現代短歌雁」四七、二〇〇〇年）には、議論が発展していく可能性を思った。そこで古橋は、戦争責任や天皇制がリアルであった時代の戦後短歌に、思想詠、社会詠といわれるいい歌があったことを認めている。この細かい分析を、古橋は歌人たちにゆだねようとしているが、生活のリアルな問題が共同性を獲得し、それと関連しつつ短歌や評論が生まれていくプロセス（あるいは、現在生まれがたいプロセス）に対象を合わせていけば、もう少し議論が噛み合っていくのではないか、と思う。そして歴史的な形成と、主体の自己責任の関係を検討できればと思う。

なお古橋は、歌人が短歌と天皇制を問題にする場合、「短歌は最も日本人の感性や心を表現できる、日本的な表現形式だという認識が、天皇制や戦争責任にこだわり続けることに繋がっており、それは国民文学というイデオロギーが生きているからではないか」（前掲論文九〇―九一ページ）と批判している。しかし現在歌人たちが短歌と天皇制を問題にする場合、自分が関わっている短歌と天皇制の関係を考えていきたいというのが主な動機で、短歌を国民文学とする意識は弱いのではないだろうか？　つまり古橋がイデオロギーと批判する意識自体が、現在はうすれているように思う。そしてこの問題もふくめ、短歌と天皇制を問題にする場合、戦前の天皇制と現在の天皇制の変化を分析した上での議論が、もう少しあっていいと思うのである。

五節　暑かった夏に（「短歌」二〇〇一年十一月号）

年のせいかもしれないが、二〇〇一年の夏は特に暑かったように思う。すでに七月の最初からかなり暑かったが、その最後の日曜日の二十九日には参議院選挙があった。その選挙の政見放送で、小泉純一郎自民党総裁と俵万智が対談をしていた。歌人がこのような形で選挙にかかわるのは、かなり珍しいと思う。慎重にやって欲しいとは思うが、私は歌人が個人の責任でどのように政治にかかわろうが、それはかまわないと思う。（そういえば与謝野鉄幹は、大正四年に京都から衆議院選挙に立候補して落選している。）またどの政党の党首にしろ、短歌に興味を持つことは喜ばしいことである。ただ小泉総裁が〈自民党がいいねと君が言ったから二十九日は投票に行こう〉という本歌取り（？）の歌を選挙にさいして詠んでいたのは、短歌にかかわる一人として違和感を持った。やはりどの政党にしろ、投票への勧誘というある意味で最も政治的な行為に文学としての短歌を使うことに違和感を持ったし、つかうならせめて自分で短歌（コピー？）をつくって欲しい、と私は思ったのである。小泉総裁はロックバンドのX《エックス》 JAPANのファンでもあるらしいが、もし投票の勧誘にその替え歌をつくったらX《エックス》 JAPANのファンたちはどのように思っただろうか？

ところで第二次大戦後も、朝鮮戦争、ベトナム戦争、湾岸戦争など、局地的にはさまざまな戦争が起こった。たとえば一九九一年の湾岸戦争をふりかえってみても、

侵攻はレイプに似つつ八月の涸谷《ワジ》越えてきし砂にまみるる　黒木　三千代『クウェート』

世界の縁にゐる退屈を思ふなら「耳栓」を取れ！▼▼▼▼▼BOMB！　荻原　裕幸『あるまじろん』

にぎやかに釜飯の鶏ゑゑゑゑゑゑゑゑゑひどい戦争だった　加藤　治郎『ハレアカラ』

などの歌が生まれた。これらは、〈砂にまみるる〉などの体性感覚、〈▼〉（爆弾が落下するイメ

ージ）や〈ゑ〉（釜飯のふたの下にある鶏のようなうめき声を表現）などの記号を使うことによって、遠い戦争に実感できるリアリティを持たせようとしている。また、

男らは皆戦争に死ねよとて陣痛のきはみわれは憎みゐき

辰巳　泰子『アトム・ハート・マザー』

では、〈陣痛〉という自分が体験した「苦痛」から戦争を詠み込もうとしている。また今年刊行された岩井謙一『光弾』の、

踏切を渡れば義肢の製作所ありてはるけし対人地雷

では、私―〈踏切〉―〈義肢の製作所〉という距離の延長上に、〈はるけし対人地雷〉を詠み込もうとしている。このように第二次大戦後の戦争を題材とした短歌は、基本的に日本にいる私と戦争との距離のなかで、どのように戦争に実感できるリアリティを持たせて歌うかが大きな問題であった、といえるだろう。

と、ここまで時評を書いていると、飛行機が激突してビルが崩れ落ちる映像が映り、アメリカの

大統領の「戦争」や、日本の首相の「自衛隊派遣」の言葉が載った新聞が送られてきた。この時評は発刊約一ヶ月強前が締切なのであまり先走ったことを書くとあとで読者に笑われるかもしれないが、（そしてむしろ笑われることを願っているが）、数行前に書いた「日本にいる私と戦争との距離」が変化しそうな状況である。この問題については、たとえば岡井隆が「これから戦争はどう歌われるか」（『短歌の世界』岩波書店、一九九五年）で、「歌人は、他国の戦争を、はるかに遠くから憂慮しているだけでいいのだろうか」と問題提起をしている。今後どのように状況が変わるかわからないが、少なくとも「私と戦争との距離」が与えられたものから選び取るものへと移っていく、という予感はある。歌人の政治や戦争との距離がより試されていくなかで、来年の夏までには、どのような戦争に関する歌が生まれているのだろうか？

六節　介護の歌という「社会詠」（「心の花」二〇〇三年六月号）

「短歌往来」二〇〇三年五月号では、「介護のうた（続）」という特集が組まれている。これは二〇〇二年十一月号の特集に続くもので、それぞれ十人の介護に関する歌とエッセイなどが特集されている。

妻の臥す部屋の窓にも淡雪の今朝は降りたり起こし見せなむ

古島　哲朗「介護のあとさき」二〇〇三年五月号

片麻痺の手をもち夜具にくるまれる姑は幼く野にかくれんぼ

清水　朗子（「介護百人一首」50首抄）同右

無意識に前かくさんとする姑《はは》の襁褓《むつき》替える時涙出てくる

折々は書類に記す百一歳と母の齢の三桁の数字

中山　静江　同右

どうしても放したくない箸ならば母よ夕焼け雲をつかめよ

石井　利明「表情」二〇〇二年十一月号

鷲尾　三枝子「母の部屋より」同右

それぞれの場面はよくわかり、ほとんど解説は不要であろう。つらい介護の中で、特に〈百一歳〉という三桁の数字に着目した石井作、〈母よ夕焼け雲をつかめよ〉に痴呆の母への愛情を詠んだ鷲尾作等が印象に残った。

また介護の現実について書かれたエッセイも、それぞれ印象に残った。たとえば十一月号で、アパートを借りて母の介護をしている山下雅人は、次のように書いている。

「症状の変化する母の世話、経済状況なども含めて、その日一日をどうしのぐのか、しのげればそれだけで歓びであるような、発展途上国の原住民のような感覚で生きているのである。（中略）少年時代、母は私を捨てて一年近く家出した。私はそのトラウマから逃れられないことを思い知らされ、同時に現在の母を捨てられないこともわかった。」

多くの人にとって介護とは、「逃れられない」「捨てられない」家族関係を見つめる場としてあるのだろう。「無頼派」としての山下のエッセイだけに、特に心に残った。

ところで介護の歌は、社会詠の一種であろう。社会詠というと、戦争やテロなどを詠んだ歌がよく取り上げられる。しかし介護の問題も、かつては個人、個人が担っていたものが、少子高齢化によって個人が支えきれずに社会問題化し、不十分なものであっても介護保険などの制度も成立した。したがって介護の歌も、個人に還元しえない、社会の問題となったものをうたった現代の社会詠、といえるだろう。ただ戦争やテロの歌は、最近は身近になりつつあるが、まだ日常との距離があるためそのリアリティが常に問題になってきた。それに対して介護の歌は、あまりにも身近であるため、現実の場面や思いをそのまま詠んで、現実そのままの「リアルすぎる歌」になる危険性があるのではないかと思う。

七節　短歌形式の問題（「現代短歌雁」六一、二〇〇五年十二月）

小島ゆかりは、「白秋のココア／胡瓜の花」という作品をうたっている（「現代短歌雁」六〇、二〇〇五年六月）。そのなかで「胡瓜の花」という、かつて胡瓜の黄の花を「笑ふ臍《へそ》の形」と言った祖母《おほはは》をうたった長歌《ちょうか》が印象的である。全文は引用できないが、たとえば次のようにうたっている。

足袋はかぬ薄き草履で　むしむしと草むしりつつ　事もなく祖母言へる、笑ふ臍とはあやしきを　いぶかしみ見れども分かず、見るほどに陽は濃くなりて　ゆらゆらと真水のごとく　くらぐらと投網のごとし。

ここで思い出されるのが、本年九月十日に札幌でおこなわれた第五回現代短歌研究会である。今回は総合テーマが「現代と伝統」、サブタイトルが「伝統を挑発せよ」となり、研究発表、シンポジウムで「伝統」の問題が論じられた。そして特にシンポジウムでは三井修がコーディネーターとなり、一ノ関忠人、田中拓也、武藤雅治、森井マスミ、森本平の五人が「私にとっての伝統」に関する実験作品を発表し、伝統に関する討論をおこなった。

そこでは田中の「むしろ、その伝統という水脈からどう『型破り』の創造をするかが勝負なのではないだろうか。」という発言があった。また伝統に関わる実験作品として、一ノ関から長歌、旋《せ》頭歌《どうか》、久米歌《くめうた》、葬送歌、武藤から旋頭歌、森井から三島由紀夫の戯曲を題材とした短歌、そして森本から琉歌《りゅうか》、旋頭歌、仏足石歌《ぶっそくせきか》などの歌謡という、短歌形式を問題とした実験作品が多く提出され、会場からも驚きの声が漏れた。

そしてシンポジウムでは、自らがつくった実験作のため「解説」をためらう傾向もみられたが、詩型へのさまざまな葛藤と試行が短歌を支えてきた、伝統を考えるとはこの詩型の成立と存続の歴史を意識することだろう（一ノ関）、良寛の和歌を読み返すうちに滅びたはずの旋頭歌体が生き生きとうたわれていることに感動を覚え、実験作品を試みた（武藤）、三島の戯曲と詩歌の言葉は思った以上になじみにくいが、そうしたところから伝統という巌の亀裂を探っていけないか（森井）、絶えず短歌の再定義を試みることによって、短歌は自らの持つ可能性の（ほんの）一部（分だけ）を見せてくれるだろう（森本）、などの意見が聞かれた。

また一ノ関の久米歌、

　みつみつし　久米の子のするゑ　サマーワの　砂のあらしに　もがもがと　小銃構へ　撃ちてしやまむ

については、菱川善夫から久米歌は久米部《くめべ》が戦争に行った時の歌が起源とされ、イラクのサマーワへの自衛隊の派遣を詠んだこの歌はそれをふまえている、という発言があった。

そして伝統を問題にするとき短歌形式の問題だけで良いのかという意見も出たが、かつては自由律などが問題となったが現在は五七五七七という短歌形式自体を問題とする議論はほとんどみられず、短歌形式について考えていくことはやはり重要なのではないか、という意見が出されていった。

そこであらためて長歌について考えてみると、家の貧しさを詠んだ『万葉集』の山上憶良の貧窮問答歌も長歌である。また河野裕子『庭』（二〇〇四年）には、「夕桜」という娘の紅を詠んだ長歌がある。そして佐佐木治綱『秋を聴く』（一九五一年）には、「幸綱に」という息子の幸綱を詠んだ長歌がある。これらはもちろんサンプルとしては少ないが、小島の祖母を詠んだ「白秋のココア／胡瓜の花」と合わせて考えるなら、家族への抒情は短歌形式をはみ出す、という仮説も考えられるのではないだろうか。このように現代においても短歌形式について考え、実験していくことは大切であると、小島の長歌、現代短歌研究会に触れ、あらためて思ったのである。

八節　新保守主義と短歌（「現代短歌雁」六四、二〇〇七年三月）

小高賢（「現代短歌雁」六三、二〇〇六年）は、「アサヒグラフ」一九五二年の「独立に寄せて―歌人十二人集」という企画をもとに、「ある事件に際して歌人が作品をもって即時に応えるという形式の孕む問題」を指摘している。そして古代においては勅命を報じて詩歌を詠進することがあったが、近代以降は戦争、天皇死去のおりなどのメディアからの要請が多くなる、このような「発表の場を、歌人がどう意識しているか」が問題であり、「依頼を断るのも一つの立場であろう」としている。

ところで現在は、戦前ほどには強いマスメディアからの要請は少ない、と考えられる。しかしマスメディアの、そしてマス（大衆）の要請はさまざまな現象として社会に遍在している。

　そういった点で「短歌研究」（二〇〇六年十二月号）の座談会の、「ナショナリズムの気運」に関する部分は非常に興味深かった。そこでは佐佐木幸綱が、最近、国旗、君が代、憲法などに関連し、ナショナリズムを強く意識させる状況が生まれ、そういう中で短歌の位置づけや状況が変わってきているのではないか、と指摘している。そして小池光は、かつて短歌は国家主義を民衆レベルで補強し支えていたが、今後そういうのがまたわーっと出てくるのではないか、と危惧している。

　また穂村弘は、最近のマスメディアの傾向について、次のように言う。

「TVのみのもんたのリアクションとか見てると、社会の中で何か不祥事みたいなものがあった時に、お茶の間の普通のおばさんがこういうふうに感じるだろうということを百倍位増幅してテレビの向こう側でやってるように見える。（中略）『こんなこと考えられますか』って言うんだけど、でも考えられるって僕は思うのね。不祥事は全然、人のやることとして考えられるじゃんって思うけど、そうは絶対言わなくて、『こんなことはとんでもない』って言って、並んでいるコメンテーターもみんな眉根に皺を寄せて『とんでもない、ありえない』って。（中略）同じ年頃の娘がいるから子供に対する犯罪なんてとんでもないって言ったときにね。（中略）絶対安全なカードをものすごく強い角度から切ってくるような感じに見えて（後略）」

　この穂村の発言は、私も「正しさ」に依拠して他者の自己責任を際限なく追求する（みのもんた個人ではなく）「みのもんた現象」に疑問を持っていたので、非常に共感を覚えた。

なお座談会では、高野公彦が「例えばどこかのメディアが『北朝鮮をつぶせ』みたいな国民的気運をあおり立てて、それが歌にも反映してわーっとたくさん歌が集まったとき、（中略）選者は（中略）歌としてこれはよくないから採らないという、そういうブレーキと、もう一つは、歌云々よりもそういう気運に呑み込まれること自体が危険だからそういう類の歌を採らないとか、いろんなブレーキが働くと思います。」と述べている。私はどちらかというと、「北朝鮮をつぶせ」みたいな国民的気運のあおり立てはもちろん反対だが、歌としてよければ採ってもよいのではないかと思っている。ただ高野たちのようにさまざまな重要な場で選者をやっている者がこのような問題に鋭敏であることは頼もしく思った。

ところで現在は、なぜ他者の責任を厳しく追及する風潮とナショナリズムの気運が高まっているのだろうか？　これは近年、人々を保護していた「大きな政府」や終身雇用制などの制度が機能不全となってきたことによるだろう。そこで政府の規制を廃して、自由競争—自己責任の追求が推進されるようになった。しかしこれだけでは社会がバラバラになるので、それを束ねるためにナショナリズムが重視されるようになった、というわけである。

このように競争（市場）原理とナショナリズムがセットになっているものを、新しい保守主義という意味で新保守主義（neo-conservatism）という。イギリスのサッチャーやアメリカのレーガンなどがおこなった、すでに二十年以上前の政策である。自由競争―自己責任の追求は、それまでの組織のムダを省く効果はあるかもしれないが、他者を一面的にとらえて追求する、他者への想像力が欠ける面があるのではないかと思う。非行が増加したとか（戦後非行のピークは一九八〇年代である）、青少年の心の闇とか（心の闇がない人間なんているのか？）、ならず者国家とか（爆弾を落とされるならず者国家の国民もならず者なのか？）、そのような簡単なことばの消費は確かに心地よいが、これが「美しい国」の言葉か？とも思うのである。

またナショナリズムの気運も、もともとある地域に存在する国家と文化は別のものであるにもかかわらず、それを混同する議論が多く見られる。また国家にしても、一部ではナショナリズムを論じることこそ新しいという風潮があるが、ＥＵ（ヨーロッパ連合）をみればわかるように、第一次・第二次大戦を戦った国家と国家の間で経済、政治の連合がすすんでいるのである。

これらのことは、他者や世界への想像力の問題、また君が代という、かつては酒席などで楽しくうたわれたであろう歌によって処分が行われている現状などとともに、短歌にも深くかかわる、と思うのである。

五章　自己生命の表白としての短歌——アイデンティティ論からみる前田夕暮

はじめに・アイデンティティ問題という視点

論者によりその区分は多少異なるが、前田夕暮（一八八三―一九五一）は近代歌人として生涯に何度かの変遷をおこなったことが知られている。たとえば息子の前田透[一]はその転回点を、一　自然主義的歌風、二　外光派的歌風、三　沈滞からの飛躍、四　自由律転換、五　定型復帰の五つに分けている。そしてその原因についてはこれまでも、自由民権運動の影響による[二]「権威に反抗する平民主義」、[三]「山はのぼりつめたらおりてくるものだ」という考え方、さらに[四]「鉈を投げ出す」性格（夕暮の故郷秦野地方の方言で、一徹者で激発しやすい性格のこと）、[五]躁鬱症などがあげられてきた。

そして本章では、青少年期のアイデンティティ問題から夕暮を考察していくことにしたい。なぜなら、誰にとってもアイデンティティ形成の時期である青少年期は重要であるが、特に後に詳しく述べるように夕暮においては、十七歳から二十二歳まで神経衰弱による休学、家出などのライフコースをたどっており、このような経験が歌人としての夕暮に与えた影響は決して小さくない、と考えられるからである。また夕暮は自身の短歌観などについてさまざまな文章を書いているがこれらをまとめて考察したものは少ないので、この短歌観とアイデンティティとの関係についても考察していくことにしたい。そして最後に、それらから考えられる夕暮論の新しい可能性についても考えていくことにしたい。

一節　終わりなきアイデンティティの探求

一　歌集にみられる変遷

それではまず夕暮の歌集から、その変遷のプロセスをみていくことにしたい。最初の歌集である自然主義的歌風の『哀楽　第壹』（一九〇七年）をみると、その「自序」には「哀楽は、華かにして、さびしき人生に囚らはれたる著者が、真情の叫びなり」という言葉がある。

この、歌集が自己の「真情の叫びなり」という言葉は、それほど特別なことではない。しかし次に[六]外光派時代の、

向日葵《ひまはり》は金の油を身にあびてゆらりと高し日のちひささよ　『生くる日に』一九一四年

のある『生くる日に』の「序」でも、これまでのどの歌集よりも「自分は初めて明かに自分の姿を此一巻によつて見出し得られたやうに信じられる」とのべている。

そしてさらに、結社誌「詩歌」の休刊（一九一八年）、亡父の山林事業の継承（一九一九年）をへた一九二三年の正月には、

世のなかに吾を押しいだしたるも己なりそのかみの吾にかへらむとする

などをふくむ「天然更新の歌」一五八首を一気につくっている。そして「自己宣言―『天然更新の歌』発表に就いて」では、「僕は深山の青い草の上に伐されて芽をふく朴の木でありたい。（中略）要するに僕は僕の最初の出発点に立ち返るのです」と宣言している。また『虹』（一九二八年）の「序」では、『虹』こそは何だかほんとうの処女歌集のやうな気がする。然し私は歌集を出す度に何時もそんな気がするのである。」とのべているのである。

そして五七五七七の定型にとらわれない自由律への転換の時代に入る。自動車にひかれて頭がへんになった犬を詠んだ

黙つてぐるぐる廻つてゐるベル！・無気味な圓《ゑん》が私に働きかける　「鈍い圓」『水源地帯』一九三三年

などがある『水源地帯』の「序」では、『虹』を出したときには「更正的な歓び」を感じていたが、出てみると誤植ばかりで、「この歌集は私の集からは抹殺さるべきものであると思つてゐる。」と前歌集を否定している。そして昭和四年（一九二九年）、初めて飛行機に搭乗して斎藤茂吉等と空中競詠をしたときに、定型か自由律かという「短歌形態に対する疑を、ひと時に吹き切つて仕舞つた。」とし、「私は正直に言ふ。この『水源地帯』一巻こそ、私のほんたうの処女歌集であると。」とのべているのである。そしてその後十数年は自由律短歌をつくり、自由律を擁護する歌論を積極的に展開している。

そして『富士を歌ふ』（一九四三年）の「後記」では、「飛行機搭乗を契機として」自由律短歌を発表してきたが、「行くところまで行つた」ので、「私は、空から再びなつかしき地上に降下した。」そして、

ガンジーのいのちかけたる断食の今日か終ると春霜をふめり

「ある日」『富士を歌ふ』一九四三年

などの歌に示されるように、定型に復帰していくのである。

このように、歌集を出すたびに再出発だと思う気持ちは誰にでもあるだろうが、近代歌人として

の夕暮にはこれがかなり顕著にみられる。これはいったいなぜだろうか？

二　青少年期におけるアイデンティティ問題

夕暮の数度におよぶ歌におけるアイデンティティの変遷は、夕暮自身の青少年期におけるアイデンティティの探究と深く関係している。夕暮は長男で小学校のころは首席で卒業するほど成績がよく、父親の期待も高かったようである。しかしそれは夕暮の側からすれば「幼少時代の父の印象はただいふところの厳格しい人としてのみ遺されてゐる。」(『素描』)ということで、しだいに神経衰弱となり、十七歳の時には中学校を休学し、家出を繰り返すようになった。(現代でいえば不登校からフリーターへ、といったところだろうか？)この家出がやがて東京での文学的開花と結びついていくのだが、不眠症となり憂鬱から自殺さえくわだて、「父の顔をみてゐるのが苦しかつた。(七)父も病児の顔をみることを嫌つた。」(『素描』)という状態で家出をし、木賃宿に一泊して、「毎日毎日東海道を放浪して行つた。」(『素描』)。そしてこのような放浪とアイデンティティの探究の経験が、歌においても過去の自分を何度も否定し、ほんとうの自分を見つけようとさまよう傾向と深く結びついている、と思うのである。

また夕暮には、

魚《うを》のやうな眼のみ生きたる四五の顔こなたみてあり廊下とほれば
「九月狂病院を訪ひて」『生くる日に』

おそ夏の山草の花地に散りて父の子を生む娘さへあはれ
「天然更新の歌」『虹』

囚人等《しゅうじんら》己《おの》が棲家《すみか》の監獄の屋根つくろへり、五月の夕日
「野の監獄の歌」『生くる日に』

などの、〈魚《うを》のやうな眼のみ生きたる〉精神病院の患者、〈父の子を生む〉山に住む人々、〈囚人〉、さらに前述した頭がへんになった犬など、社会的にマージナルな存在をうたった歌がみられる。これなども夕暮自身が神経衰弱を徹底的に治療しようとして精神病院に入院しようとした経験（『素描』）があることと深くかかわっている、と思うのである。(八)

二節　自己生命の表白と短歌

一　自己生命の表白としての短歌

それでは夕暮は、どのような時にそのときどきの本当の自分を見つけた、と感じるのだろうか？夕暮の散文を見ていくと、夕暮は「人は母の胎から生れてくる。と同時に人は自然の母胎から生

れている。」(「烟れる田園」)といい、「自分のほんたうの姿をみせてくれるのも自然であり、自分を真に生かしてくれるのも自然である。」(「朝、青く描く」)と自然を賛美している。そして「生活の充実は即ち生命の充実」(「卓上語　三」)であり、さらに自然をうたう場合でも「自己を自然のうちに見出すといふ態度」(「自己表現の為めに」)が重要で、「自己生命の流露であらねばならぬ」(同上)としている。

このように夕暮においては、自然のなかにこそ本当の自分があり、そのときの「自己生命」の発露として歌が生まれてくるのである。そして確かに夕暮には、自然のなかでの人間などをうたった歌に印象に残る歌がみられる。

春深し山には山の花咲きぬ人うらわかき母とはなりて　『哀楽　第貳』

日の光くまなかりけりうつつなくわが引きぬきつ赤大根を　「坂道」『耕土』

赤き桃とろりとしたる湖の水にうかせてみとれてありしも　「榛名、赤城の歌」『深林』

一首目の〈山には山の花咲きぬ〉春深きなかで、〈うらわかき母〉となった人が印象的にうたわれている。二首目も〈日の光くまなかりけり〉なかで、自分の赤大根を引きぬく行為を印象的にうたっている。また三首目も〈とろりとしたる〉湖の水に浮かせた〈赤き桃〉と、それを見とれている自分がうたわれている。

また夕暮は、自分の歌は後期印象派の影響をいわれているがそれはむしろ間接的なものであり、本源的な原因は三十歳代からの健康回復にある、といっている。そして生命の燃焼、外交派的な強烈な色彩、感動の躍進は全てそこからきており、日光のふりそそぐ野で「歓喜に堪へきれず、着物を脱ぎすてゝ真裸になり、その日光のなかを泳ぎ廻つた」（『素描』）という経験を生き生きと描写しているのである。

このように、自然のうちに自己を見出すということもふくめて、「自己生命」の発露にこそ夕暮の歌の本質がある。そして「(自分を）表白する為めに便宜として私は短歌を撰んだまでである。（中略）ぽつぽつと知らなかった「自分」を発見して行く。――それが私の歌になる。」（「卓上語一」）とのべているように、自然主義、外交派、自由律などの傾向、そして究極的には短歌自体も、そのための、もちろんそのときどきにおいては必然的な、「手段」であった、ということができるだろう。

二　自己生命を形成したふるさと

そしてこのような夕暮の自然への思いも、特に青少年期の、神奈川県のふるさとでの自然体験が深くかかわっている。『素描』の「生ひたちの記」で夕暮は、ふるさとの家、小川、草木などの記憶を詳細に描いている。また「今日にいたるまで、幾たびそのふるさとの古き匂ひのなかに生命を感じ、その哀しい甘美なひびきを思ひ出しては、野草の鮮しいさやぎを感じたことであらう。ふるさとをもてるものは幸せである。」といっている。

ところでこれまでのアイデンティティ論ではあまり重要視されてこなかったが、E・H・エリクソン(九)はアメリカ・インディアン（スー族）の研究をおこない、その自然との生き生きとした関係と、そこから切り離された時に起きるアイデンティティ問題を分析している。スー族は野牛を追って大草原を狩りをして暮らし、「どの寄合いも、季節も、儀式も踊りも、神話も、子どもの遊びも、野牛の名前や姿をほめたたえた」という野牛と共生した生活をしていた。しかしそのような生活は白人の到来と共に終わりを告げ、「野牛が亡びたとき、スー族も亡びた――種族的にも、精神的にも。」という状態になった。そしてその後土地を追われた彼らには、一般的無感動や白人の基準に対する消極的抵抗などの文明病が蔓延してしまったのである。

そして夕暮においても少年期の自然との関係が、のちの人生に大きな影響を与えている。そして幾たびも自己生命を形成してくれたふるさとを、なつかしく思い出しているのである。また晩年は山村生活をして〈春されば馬糞拾ひとなりにけり吾をあはれといかで思はむ〉（『耕土』）と自嘲的ではなくうたうのも、このような自然との関係を愛しているからである、と思うのである。

三節　夕暮論の新しい可能性

一　「わが死顔」評価の文脈

ところで晩年の夕暮の作品というと、死後発見された連作「わが死顔」の評価が高い。一連は十首からなり、自分の死後の死顔をうたっている。

ともしびをかかげてみもる人々の瞳はそそげわが死に顔に
みづからもすがしと思ふ清らかに洗ひ浄められしわが死顔を
かそかにわが死顔にたたへたるすがしき微笑を人々はみむ
枕べに一羽のしとど鳴かしめて草に臥やれりわが生けるがに

「わが死顔」『夕暮遺歌集』一九五一年

夕暮がこれをどのようなかたちで発表されることを望んだのかは知る由もないが、自分の死期が近いことを知り、一―三首目のような歌を詠んだこと自体に夕暮の自己表白への思いの強さをうかがうことができる。また四首目の、私が生きているように〈草に臥やれり〉には、夕暮の自然の母胎への回帰の思いとして読むことができるだろう。

また夕暮は「私には、自己が二つあるやうな気がしてならぬ。第一の自己の働きを、第二の自己が何時も観ている。」(卓上語　一)とのべている。そして

泣くことのたえて久しき青春のをはりさびしや夫《つま》となりぬる　「妻」『陰影』一九一二年

などの、夫となった自己をやや突き放したような歌もすでにうたっている。

また夕暮は、昭和十七年の北原白秋の死のおり、デスマスクをとられた白秋を、

君は笑ふ死面《デスマスク》とられつつ頬のあたり少しこそばゆしといひて　「哀歌」『富士を歌ふ』

などの連作でうたっている。「わが死顔」は自分の死期を思い、畏友北原白秋を思いだしてうたった可能性がある。

このように第二の自己としての「わが死顔」をうたうことは、確かに興味深いことである。しかし私が思うに「わが死顔」への評価は、ノートに書かれていたものを死後中井英夫が編集した「短歌研究」にのせたという、発表までの過程のセンセーショナルさにかなり影響を受けていると思う。

たとえば、一連の最後の二首の〈何かいひ遺すことはなきかといはれ何もなし思ひ残すことなし〉、〈左様なら幼子よわが妻よ生き足りし者の最後の言葉〉などは、そのような背景がなければ平凡な歌と読めてしまうのではないかと思う。

二　『夕暮遺歌集』と夕暮評価の新しい可能性

それでは夕暮の晩年の秀歌としてどのような歌があげられるのだろうか？　私は晩年の秀歌というだけでなく、夕暮の歌集を通読し『夕暮遺歌集』の次のような歌が非常に印象に残った。

冷肉と青き林檎と食したれば肉体うすら明るし夜は　「肉体の歌」
股長に吾は廊下にいねてをり四月の朝の菜の花あかり　「小松菜」
年老いしわが肉体に紫斑あり蒼涼として今日も暮れつつ
夏暑くして寂しきからに家の隅の暗きところに鮹を飼ひぬ　「夏日」

一首目は〈冷肉と青き林檎〉を食した自分を〈うすら明るし〉と詠み、二首目は股長《ももなが》に＝足を伸ばして寝ている吾を、〈菜の花あかり〉が灯るようにうたっている。そして三首目も年老いた自分の肉体の〈紫斑〉を、〈蒼涼として今日も暮れつつ〉とほの明かりのように詠んでいる。これらは外光派時代の命の燃焼とは異なるだろうが、ほの明かりのするような自己生命の世界がうたわれていると思う。また四首目は、〈夏暑くして寂しきからに〉相群がり重なり泳ぐ〈鰌《どじょう》〉を飼うとうたったところに、私は暗さよりもむしろ夕暮の命への思いをみるような気がした。そしてこれまで着目されることがなかったこれらの老いてゆく自身の自己生命に関わる歌を、私は夕暮の秀歌として高く推したいのである。

戦後、夕暮はその自由律から定型への復帰が時局への迎合ではないかと批判(一〇)を受け、晩年は「わが死顔」が読まれるまではあまり論じられる対象ではなかったようである。また夕暮の数度におよぶ変遷も、これまでどちらかというと否定的にとらえられてきた。確かに自由律から定型への変遷がどの程度の「内的必然」と「外的圧力」によるかは重要な問題であり(一一)、より詳細な検討が必要であろう。しかし夕暮の変遷は、近代歌人としては特殊だろうが、岡井隆、塚本邦雄等の「変」を目の当たりに見てきたポストモダンの状況からすると、それほど特別視すべきものには感じられなかった。そしてこれまでの夕暮評価の文脈から離れて、自己生命の表白としての短歌として一首、一首の歌をみていくなら、そこに新しい夕暮論の可能性もあらわれるのではないか、と思うのである。

注および引用文献

（一）前田透「第二巻　解説」『前田夕暮全集』（第一巻—五巻）角川書店、一九七二—七三年。（なお特に断りのない場合は、夕暮の歌、文章などは全てこの全集から引用されている。）
（二）前田透『評伝　前田夕暮』桜楓社、一九七九年。
（三）香川進「第一巻　解説」『前田夕暮全集』。
（四）前田、前掲書。
（五）篠弘他「「昭和」短歌を読みなおす①　北原白秋と前田夕暮」「短歌」一九九二年七月号。
（六）十九世紀フランスで、印象派に先立って明るい外光の効果を強調する画派があり、その影響を受けた歌風のこと。
（七）なおこのような父親の側の事情としては、自由民権運動の挫折、家の経済状態の悪化という要因が指摘されている。村岡嘉子「夕暮の少年期」『前田夕暮　人と作品』秦野市立図書館、一九八八年。
（八）この点については、佐佐木幸綱も夕暮の「非日常への関心」を指摘している。佐佐木幸綱「前田夕暮」『鑑賞　日本現代文学　第32巻　現代短歌』角川書店、一九八三年。
（九）E・H・エリクソン著、仁科弥生訳「第3章　大草原をゆく狩人たち」『幼児期と社会I』みすず書房、一九七七年。
（一〇）たとえば、次の文献を参照のこと。篠弘「第6章　戦前歌人たちの戦後」『現代短歌史I　戦後短歌の運動』短歌研究社、一九八三年。
（一一）多くの論者は「外的圧力」の方に力点を置いているが、たとえば前田透などは「内的必然」によるもの、としている。前田透、前掲書。

おわりにかえて

私の住んでいる所から自転車を数分漕ぐと、本文中にも書いた観潮楼歌会跡と子規庵がある。森鷗外の自宅でもあった観潮楼歌会跡は現在は図書館になっていて、そこへ行くと佐佐木信綱、与謝野鉄幹、石川啄木などの歌人はもとより、森鷗外、上田敏などの書簡、記録などの資料を見ることができる。このようについ百年前には、小説家、詩人などをふくめた歌会がおこなわれていたのである。また正岡子規は近代短歌、近代俳句の創始者であり、夏目漱石とも親友で「吾輩は猫である」、「坊っちゃん」などは「ホトトギス」に発表された。

このように、インターネットはもとよりＦＡＸ、テレビ、ラジオさえなかった世界のほうが、人々は短歌・俳句をはじめとするさまざまなジャンルに関心を持ち、つきあいも濃厚だったような気がする。そのようなことを思いつつ、自室―図書館―喫茶店―職場などを回遊して原稿を整理した。

なお私は短歌結社の竹柏会「心の花」には二十年以上前から入会し、歌会、編集などにも多数出席し、一応歌集も出している。それに対して俳句結社の「天為」にも十年以上前から入会しているが、「天為」の句会には数回しか出席したことがなく、主に学生を中心とした本郷句会に出席している。このように私の短歌・俳句に関する知識・経験等にはきっと偏りがあると思うので、今後ともいろいろと教えていただければ、と願っている。また学生俳人が多数参加している本郷短歌の歌会では、短歌・俳句に対するさまざまな示唆と若いエネルギーを得ることができた。

本書も、『短歌の社会学』に続き、はる書房のお世話になった。はる書房とは二十年前に青少年のボランティア活動に関する本を出してからのおつきあいである。また刊行にあたっては、大正大学から研究出版助成金をいただいた。そしてひとりひとり名前をあげることはできないが、短歌、俳句、社会学の先生、先輩、友人、後輩たちからは、いつもかわらぬ励ましをいただいている。最後になってしまったが、記して感謝の意をあらわしたいと思う。

二〇〇八年三月十五日　卒業式の日に

それぞれの写メールいっぱい桜舞わせ　光りつつ閉じよ卒業の日よ

大野　道夫

短歌・俳句の社会学

大野《おおの》 道夫《みちお》

著者略歴

第7回現代短歌評論賞受賞（1989年）

歌集『秋階段（あきかいだん）』（ながらみ書房、1995年）、『冬ビア・ドロローサ』（砂子屋書房、2000年）、『セレクション歌人　大野道夫集』（邑書林、2004年）、『春吾秋蟬（しゅんあしゅうせん）』（雁書館、2005年）。
著書『短歌の社会学』（はる書房、1999年）、他。

大正大学人間学部教授（社会学）

*

Eメール：ohno_kokoronohana@yahoo.co.jp

2008年3月28日　初版第1刷発行

発行所

株式会社 はる書房

〒101-0051 東京都千代田区神田神保町1−44 駿河台ビル

TEL・03-3293-8549　FAX・03-3293-8558

振替・00110-6-33327

http://www.harushobo.jp/

組版／閏月社　印刷・製本／中央精版印刷

ISBN978-4-89984-095-4 C0092